KB079741

기억하라
우리 삶은 이미 아름다운 것임을

기억하라
우리 삶은
이미
아름다운 것임을

조정희 장편소설

아마존북스

차 례

1부

폭풍우가
내리는 계절

1 / 두 아버지 이야기

한 남자가 있었다. 그는 대리석을 다루는 석수 장이였다. 돌을 알아보는 눈썰미가 남다르고 돌 다루는 솜씨가 뛰어 났던 그는 '석산의 귀재'로 불리며 석산주와 동료들의 귀여움을 한 몸 에 받고 있었다. 대부분의 동료가 부모님 연배의 어른들이었다는 점 도 그가 귀여움을 받을 수밖에 없는 이유 중 하나였다.

그는 망치와 정으로 돌을 쪼개고 깎아 갖가지 문양과 모양의 조각 상들을 만들고, 비석과 현판 등에 글씨를 새기는 젊고 유능하고 부지 런한 석수였다. 솜씨가 뛰어난 데다 심지어 성품까지도 다정하고 순 했으니…….

그를 찾는 손님이 많았고 손님들의 밀려드는 주문을 감당해 내느 라 그는 제 몸을 돌아볼 겨를이 없었다. 밤낮을 가리지 않고 성심을 다해 돌을 쪼개고 깎던 그는 그만 병이 들고 말았다. 석산에 들어 앉 아 돌을 깎고 쪼개면서 들이마신 돌가루가 그의 체내에 쌓이게 된 것 이다. 돌가루가 기도를 막아 숨을 쉬는 게 힘들어졌지만 처음에는 대

수롭지 않게 여겼다. 체내에 돌가루가 쌓이는 일은 석수장이들한테
는 드물지 않은 일이었으며 그때마다 '돌가루가 기도를 막아 숨쉬기
가 힘들어지면 비계가 많이 붙은 돼지고기를 삶아 먹으면 돼지기름
이 돌가루를 흡수하여 씻어낸다'는 민간요법이 있었다. 그도 그 민간
요법을 믿고 돼지고기를 사다 삶아 먹어 보았지만 아무런 효과가 없
었다. 돼지기름으로 씻어내기엔 이미 너무 많은 양의 돌가루가 쌓여
버렸던 때문이다.

숨쉬기가 점점 힘들어지고 상태가 악화되면서 얼굴은 화롯불처럼
벌겋게 달아올랐다. 그는 가쁜 숨을 몰아쉬며 제 목을 쥐어뜯다가,
종내에는 방구석을 설설 기어 다니며 괴로워하기에 이르렀다.

그의 상태를 살피기 위해 찾아왔던 동료들이 입을 모아 말했다.

"이제 마지막 비책을 쓸 수밖에 다른 도리가 없는 것 같아. 빈방에
수은을 피워 놓고 연기를 마셔 봐. 수은중독이 무섭다는 거야 세상이
다 아는 것이지만, 돌가루를 녹이는데 수은만 한 게 없다더라. 연기
만 들이마시는 건 큰 문제없다고 하니 해보자. 나중에는 삼수갑산을
갈망정이라는 말도 안 있나. 수은중독이 아무리 무서워도 지금 이대
로 죽는 것보다야 낫지 않겠냐? 수은을 쓰되 수은을 쓸 때 명심해야
할 것은 생 수은을 씹어 삼키면 절대로 안 되네. 답답하고 괴롭겠
만 생 수은은 절대로 안 된다는 걸 명심해야 해."

그는 동료들의 권유대로 빈 방에 혼자 남아 수은 태운 연기를 들이
마시기 시작했다.

그런데 돌가루가 쌓여 막힌 목이 금방이라도 찢어질 것처럼 아픈

것도 아픈 것이지만 무엇보다도 숨통이 막혀 죽을 것 같은데, 수은을
태워 내는 연기는 너무나 미약했다. '저 시원찮은 연기가 언제 들어가
서 목구멍의 돌가루를 녹여낸단 말인가?' 연기가 목 안으로 들어가서
돌가루를 녹여내기 전에 숨이 막히거나 목구멍이 터져 죽어 버릴 것
만 같았다.

"으으으으……."

고통으로 신음하던 그는 결국 해서는 안 될 짓을 저지르고 말았다.
생 수은은 절대로 안 된다던 동료들의 간곡한 당부를 저버리고 생 수
은을 씹어 삼켰다. 생 수은을 씹어 삼키자 기도를 막고 있던 돌가루가
거짓말처럼 녹아내렸다. 찢어질 것 같던 목구멍의 통증도 사라지고
숨통도 트였다. 그 대신 다른 문제가 생기고 말았다. 수은의 독기가
그의 온몸에 퍼져 버린 것이다. 그는 그렇게 수은 중독자가 되었다.

온몸이 동상에 걸린 것처럼 부풀어 오르더니 마디라는 마디는 다
터져서 피고름을 쏟아내기 시작했다. 그리고 그는 문둥병자로 오인
되어 자신을 그렇게나 귀여워하던 동료들과 마을 사람들에 의해 피
막으로 격리되었다.

그가 격리된 곳은 오래전에 그 쓰임이 끝나 방치된 낡은 상엿집이
었다. 유능한 석수장이로 촉망받던 그는 그렇게 상엿집에 버려져 죽
음을 기다리는 신세가 되어 버렸다. 그런데 이게 무슨 일일까. 죽을
날만 기다리는 그의 가슴 깊숙한 곳에서 이제껏 느껴보지 못한 갈망
이 불기둥처럼 치솟아 올랐다.

"내 집! 내 여자! 내 자식!"

모든 사람들에게 사랑을 받던 건강하고 자신만만했던 날의 그가 미처 꿈꿔 보지 않은 것들이었다. 그는 죽음의 문턱에서 치솟아 오른 느닷없는 갈망을 주체할 수 없어 상엿집 기둥을 부여안고 울부짖었다. 병이 들어 죽어 가는 한 마리 짐승이 되어 외치고 또 외쳤다. 창자를 쥐어뜯는 고통이 배인 목소리로 울부짖었다.

"내 집! 내 여자! 내 자식!"

삐그덕—

어그러진 상엿집 문에서 뼈마디가 부러져 나는 듯한 소리가 울려 퍼졌다. 기둥을 부여잡고 울부짖던 그가 고개를 돌려 소리가 나는 문쪽을 바라보았다. 하얀 달빛이 눈에 들어왔다. 아니, 달빛을 등에 지고 서 있는, 검은색 무명 통치마에 하얀 광목저고리 차림을 한 처녀의 실루엣이 눈에 들어왔다. 처녀는 작은 보퉁이 하나를 품에 안은 채 남자를 쳐다보고 있었다.

"드디어 나를 데리러 왔구나."

그는 이제 자신이 죽을 때가 되어 저승사자가 데리러 온 것이라고 생각했다. 결국은 이렇게 죽는구나. 내 집, 내 여자, 내 자식. 그 어느 것 하나 가져 보지 못했다. 그가 주르르 눈물을 흘리는데 처자가 입을 열었다.

"사람이어라."

그는 그렇게, 짐승처럼 울부짖으며 갈망하던 '내 여자'를 만나게 되었다.

'내 여자'를 만나게 된 그는 죽지 않고 살아났다. 건강하고 당당하던 옛 모습을 되찾지는 못했지만 그는 죽지 않고 살았다. 시간이 흘러 그는 갈망하던 또 다른 하나였던 '내 자식'도 낳았다. 그리고 그는 아이의 이름을 지었다.

"네 이름은 영희다."

또 다른 남자가 있었다. 남자는 하루라도 술을 마시지 않으면 견딜 수 없는 알코올 중독자였다. 술 마시는 것 외에는 어떤 꿈이나 계획도 없는 남자에게는, 다섯 명의 자식과 보따리 행상을 하는 장모와 젊고 아름다우면서 억척스런 아내가 있었다.

어느 날, 그러니까 모내기를 하는 날이었다. 남자는 막걸리를 양껏 먹을 수 있겠다는 기대를 품고 소풍날을 손꼽아 기다리는 아이처럼 설레며 그날을 맞았다. 남자의 아내는 아내대로 몸이 달아 있었다. '저 양반이 술 취하지 않고 잘 보내줘야 오늘 모내기를 끝낼 수 있을 텐데. 모내기를 잘 끝내야 일 년 농사를 제대로 수확할 수 있을 텐데. 막걸리 통만 붙잡고 있으면 세월이 가는지 오는지 세상 걱정이 없는 남편이 술을 덜 먹게 하는 무슨 수가 없을까' 궁리를 하느라 골머리를 앓았지만 별다른 수를 찾지 못한 채 모내기 날을 맞았다.

논둑에 둘러앉아 새참 후 막걸리를 마시던 일꾼들이 하나둘 논배미 안으로 들어서기 시작했다.

"새참도 먹었고 막걸리도 한 사발씩 마셨으니 일어납시다."

먼저 논배미로 들어온 줄잡이가 줄대를 잡고 서서 사람들을 독촉했다. 이 인원으로 모내기를 끝내려면 서둘러야 한다는 것을 그들 모두 잘 알고 있었다. 남자가 엉덩이를 털며 일어서는 일꾼들을 향해 소리쳤다.

"이리 와. 이리 오라니까. 성태 아범. 어서 와. 오늘 못 심으면 낼 심고 그러는 거지. 인생 오늘만 살고 말 텐가. 술도 마시고 쉬기도 하면서 살아도 짧은 인생, 몇백 년을 살겠다고 이 좋은 막걸리 통을 앞에 두고 죽어라 일만 한단 말인가."

앞장서서 서둘러야 할 논 주인인 남자가 막걸리 통을 붙잡고 앉아 한 잔만 더 하자며 일어서려는 일꾼들을 잡아 앉혔다. 대부분의 일꾼들이 논으로 들어서 제자리를 찾으며 모 심을 채비를 했지만, 개중 몇몇은 못 이기는 척 논둑에 주저앉아 남자 앞에 막걸리사발을 내미는 사람들도 있었다. 결국 한쪽에서는 술자리가 이어졌고 논에 들어선 사람들은 줄잡이의 줄에 맞춰 모를 심기 시작했다. 논둑에 앉은 사람들의 술자리가 길어지면 길어지는 만큼 모내기는 늦어질 것이고, 논배미로 들어와 모를 심는 일꾼들은 그들 자리까지 채우느라 불만이 쌓이고 있었다.

"용수 아버지! 용수 아버지! 용수 아버지!"

남자의 아내는 화가 치밀었지만 사람들 앞인지라 조용조용 남자를 세 번 불렀다. 그러나 남자는 아내의 부름을 짐짓 못 들은 척했다. '내가 네 속을 모를 것 같냐. 네가 그런다고 내가 아이구 마님! 하고 벌떡 일어날 것 같애. 암만 짖어 봐라. 내가 꿈쩍이나 하는지.' 그런 남

자를 바라보던 남자의 아내가 모춤을 들어 남자의 손에 들린 막걸리
사발을 겨냥해 던졌다.

"이봐요. 올 농사 작파할 거요?"

소리를 지르는 것과 동시에 남자의 아내가 던진 모춤이 날아가 막
걸리사발을 들고 있던 남자의 손을 쳤다. 모춤에 맞은 사발이 떨어지
고 사발에 담겨 있던 막걸리가 쏟아지자, 남자의 눈동자가 크게 흔들
렸다.

"니가 감히 이 피 같은 술을……."

남자에게 술이란 유일하게 지켜야 할 가치이자 존재이유였다. 일
꾼들 앞에서 체면을 구긴 것은 차치하고라도, 자신의 가치와 존재이
유를 건드림 당한 것에 남자는 참을 수가 없었다. '넌 내 마지막 자존
심을 건드렸어.' 아내를 노려보는 남자의 눈이 외쳤다. '너는 최후의
방어선을 넘은 거야. 너는 내 존재자체를 위협했고 그러므로 난 참아
선 안 돼.' 남자는 향후 좋아하는 술을 맘껏 먹기 위해서라도 오늘 일
을 계기 삼아 뭔가를 확실하게 보여주지 않으면 안 되겠다고 생각했
다. 남자는 자리에서 벌떡 일어나 막걸리 통을 집어 든 다음 고개를
빳빳하게 세우고 소리쳤다.

"내 집 모내는 날 내 맘대로 술 좀 마시겠다는데, 뭐? 서방이 마시
면 마시는 거지 어디다 대고 여편네가 논배미에서 악을 써? 이게 어
디서 배워 처먹은 버르장머리야? 내가 뭐가 무서워서 술도 내 맘대
로 못 마시고 살아? 엉? 사나이 일평생 그렇게 살 바엔 죽고 말지 왜
사냐?"

남자는 말로만 하는 소리가 아니라는 것을 증명이라도 하려는 듯 막걸리 통을 내던지고 농약병을 집어 들었다. 죽음을 작정하고 시작한 일은 아니었다. 아내와 일꾼들이 보고 있으니 자신이 농약을 마시는 모션을 취하면 누군가 달려들어 말리겠거니 했다. 그리고 무엇보다도 아내가 달려와 두 무릎을 꿇고 앉아 싹싹 빌며 매달릴 것이라 믿었다.

말리지 않은 것은 아니었다. 달려들어 농약병을 빼앗지 않은 것도 아니었다. 무릎을 꿇고 빌며 매달리지 않은 것도 아니었다. 남자의 계산은 틀리지 않았지만 애석하게도 시간이 빗나갔다. 말리러 달려와 보니 이미 마셨고, 빼앗아 보니 농약병은 이미 비어 있었고, 무릎을 꿇고 빌며 매달려 보니 이미 입가에서는 게거품이 뽀글거리고 사지는 뻣뻣하게 굳어 가고 있었다.

남자에게는 네 명의 아들과 딸 하나가 있었다. 그리고 일이 벌어지기 전날은 막내아들의 첫돌이었다. 그렇게 공교롭게도 막내아들의 생일을 자신의 제삿날로 정해 놓고 남자는 죽었다.

남자의 셋째 아들의 이름은 철수였다. 이철수.

2 / 영희

젊은 사내가 죽어 가고 있다. 병이 들어 쓰러진 것도 아니고 길을 건너다 자동차에 치인 것도 아니다. 그는 재건대원이 등 뒤에서 찌른 긴 칼에 심장이 뚫려 죽어 가고 있다.

사내의 뚫린 심장에서 선짓빛 붉은 피가 울컥울컥 솟구치고 있었다. 젊은 계집이 그런 사내를 향해 달려들었다. 머리카락은 산발이 되고 블라우스 앞섶이 찢어지고, 바지까지 찢어져 아랫도리가 드러난 반라의 여인이었다. 그녀의 입술은 터져 피가 나고 있었고, 눈두덩은 퍼런 찐빵을 엎어 놓은 것처럼 부어올라 있었다.

"안 돼! 민석아! 민석아! 안 돼."

계집이 사내 위로 엎어지며 소리쳤다. 사내의 심장에서 뭉클뭉클 솟구친 선지 같은 피멍울들이 계집을 적시기 시작했다. 잠시 후, 호루라기 소리와 함께 경찰들이 나타났다. 계집은 그러거나 말거나 피칠갑을 한 채 소리 높여 울부짖었다.

"민석아! 죽지 마. 제발 죽지 마. 니가 죽으면 니 아버지 성은 누가 지키냐? 죽지 말고 살아서 니 아버지 성 지켜야지. 니 아버지 성 가진 아들딸 낳고 살아봐야지. 죽어도 그때 죽어야지. 민석아! 민석아!"

사내는 죽어 가면서도 악을 쓰며 울부짖는 계집을 힘겹게 눈을 치떠 쳐다보았다.

"영희야! 우리 봄 되면 창경원 벚꽃놀이 가기로 했는데 어쩌냐?"

사내는 울컥울컥 올라오는 피를 머금은 떨리는 목소리로 말했다. 그는 애써 웃음을 지어 보이려 노력했지만 일그러진 얼굴은 점점 빠르게 굳어 가고 있었다. 계집은 그런 사내를 부르며 흔들었다. 흔들리는 사내의 몸에서 핏방울이 튀어 계집에게로 날아들었다. 이미 피칠갑이 되어 있는 계집의 얼굴 위로, 하얗게 드러난 젖가슴 위로, 뜯겨진 바지 아래 아랫도리를 가린 꽃무늬 팬티 위로……

"민석아!"

한 번 더 눈을 치켜뜨며 울부짖는 계집을 보던 사내의 고개가 부러지는 나무순처럼 툭 하고 꺾였다.

경찰들과 함께 사람들이 몰려들었다. 몰려든 사람들은 고개가 꺾인 민석과 피투성이가 된 채 죽어가는 민석을 안고 울부짖는 영희를 겹겹이 둘러싸고 웅성거렸다.

"저 사람 죽었나 봐."

"칼에 찔려 죽었나 봐. 저 피 좀 봐."

영희를 둘러싸고 수군거리는 사람들 뒤편에는 의수가 빠진 다리를 부여잡고 주저앉아 고통스러워하는 남자와 남자의 다리에서 빠진 의수를 든 성자가 터져 나오려는 울음을 참느라 이를 악문 채 부들부들 떨고 서 있었다.

영희와 민석은 한동네에서 나고 자라 엇비슷한 무렵에 아버지를 잃었다. 영희아버지와 마찬가지로 병이 든 민석아버지는 어린 자식들을 끼니가 위태로운 가난 앞에 두고 떠나면서, 내 자식이 내 성을 지키고 살 수만 있게 해달라는 유언을 남겼다. 아버지가 죽자 민석은 성만 버리면 원하는 건 뭐든지 다 해주겠다는 부잣집 양자로 보내졌다. 그런데 민석은 아버지의 유언대로 아버지 성을 지키겠다며 그 집에서 도망을 쳤다.

한편 영희는 아버지의 약값과 동생들의 학비를 벌기 위해 서울로 왔다. 그녀는 용순, 성자와 함께 자취를 하며 봉제공장에서 일했다. 이후 야학에서 만난 대학생 애인을 둔 용순은 노동조합 결성에 앞장을 서다 사장의 사주를 받은 달중이네 재건대원 패거리에게 끌려가 윤간을 당한 뒤, 애인의 자취방에서 연탄불을 피워 놓고 스스로 목숨을 끊었다.

시간이 흘러 봉제공장 생산책임자가 된 영희는 달중이네 패거리들이 재단주임과 짜고 여유분 원단을 빼내는 짓거리를 막겠노라고 결심했다. 양자로 보내진 집에서 도망쳤다는 소식을 마지막으로 연락이 끊겼던 민석과 영희가 다시 만난 것이 바로 그 무렵이었다.

양자로 보내진 집에서 도망친 민석이는 여기저기 흩어진 동생들을 찾아 떠돌다가 갓난이였던 막냇동생을 데리고 재혼한 엄마를 찾아갔다. 그리고 그곳에서 엄마와 어린 동생이 폭행당하는 장면을 목격하게 되었다. 격분한 민석이가 돌멩이를 집어 엄마와 동생을 때리는 사내를 내리쳐 중상을 입히고 도망쳤다가 붙들렸고, 살인미수라는 죄목으로 옥살이를 하게 되었다. 오랜 수감생활을 끝내고 교도소에서 출소한 민석은 영희가 생산책임자로 있는 봉제공장에 시다로 입사하였다. 그렇게 두 사람은 조우하게 되었다. 그리고 얼마 지나지 않아 영희의 동생 진호에게 입영통지서가 날아오게 되면서, 진호의 군 면제를 위한 방편으로 영희는 민석과 혼인신고를 하게 되었다.

생산책임자인 영희가 달중이네 패거리들로부터 원단을 지켜내겠다는 계획을 말했을 때 모두가 말렸다. 성자도 민석이도, 심지어 사장까지도. 하지만 영희는 위험하다 하여 지켜야 할 것을 지키지 않으면 모든 것을 잃게 된다며, 계획을 강행하여 원단을 지켜냈다.

영희가 원단을 지켜낸 뒤, 함께 자취를 한다는 오버로크 기술자 둘이 이틀째 출근을 하지 않았다. 달중이네 패거리들이 영희를 유인하기 위해 잡아둔 것이었으나 영희와 성자는 이를 모른 채 기술자들을 찾아 나섰다. 그들의 계략에 휘말린 영희와 성자는 결국 달중이네 패거리들에게 유인 납치되어 여인숙에 감금되었다. 이제 두 여인을 기다리고 있는 것은 죽은 용순이가 당했던 것과 같은 일을 겪는 것뿐이었다.

이런 두 여자를 구하기 위해 나선 이들이 있었다. 월남전에 참전했다가 한쪽 다리를 잃고 생선 장사를 하고 있던 성자의 남자친구와 서류상 영희의 남편인 민석이었다. 영희와 성자가 납치되었다는 소식을 들은 두 남자는 위험을 무릅쓰는 건 물론 죽음을 각오하고 제 여자들을 찾아 나섰다. 그리고 그렇게 영희를 찾아 나섰던 민석은 피칠갑이 된 영희의 품에 안겨 그녀가 보는 앞에서 죽어 갔다. 첫사랑이라는 이름으로.

납치당한 영희를 구하려다 대신 죽은 민석. 살아남은 영희는 죽은 자신의 남자를 위해 할 수 있는 일이 없다는 사실에 절망했다. 그녀는 그저 미친년처럼 거리를 들쑤시고 돌아다니며 중얼거렸다.

"내가 죽인 거야. 민석이는. 내가 죽인 거야. 내가."

"아무 여인숙이나 들어가 민석이 아버지 성 가진 자식새끼 하나 만들어둘 걸. 개도 안 물어갈 혼전순결 따위가 뭐라고. 그게 뭐라고."

제 아버지 성만 지킬 수 있다면 못할 게 없다던 민석은, 결국 제 아버지 성 지킬 자식 하나 못 남기고 죽고 말았다.

민석과 첫날밤도 치르지 못한 영희는 그 주제에 마누라 노릇을 한답시고 묏등 하나를 만들었다. 그리고 다른 할 일이 떠오르지 않던 그녀는 생산목표량에 매달리기 시작했다. 죽을 정도로 악을 써서 생산목표량만 채우면 죽은 제 남자가 살아 돌아올 거라 믿기라도 하는 것처럼. 영희는 생산목표량을 채우고, 채우고, 채우고 또 채웠다.

생산목표량!

영희에게는 제 남자가 살았을 때나 제 남자가 죽은 후에나 그녀의 곁을 지키는 건 오직 생산목표량뿐이었다. 민석이 죽어 떠나고 성자는 시집을 가 떠났는데, 변하지 않는 건 생산목표량뿐이었다. 영희는 생각했다. 내 너를 떠나지 않으리라. 버리지도 않으리라. 그렇게 영희는 생산목표량과 끈질기고 집요한 동행을 이어 갔다.

생산목표량을 채우다가 기진하여 쓰러지면 민석이 곁이려나, 민석이 묏등 앞에 쓰러져 까무룩 정신을 놓았다가 눈 떠 보면 그 품이려나, 누군가 이 묏등 파헤쳐 민석이 곁에 묻어주려나. 영희는 생산목표량이 없는 빈 날이면 민석이 묏등 앞에서 술잔을 홀짝이며 울음을 삼켰다.

"그러게 누가 그렇게 가래? 그러게 누가 그렇게 아끼고 지켜 달래? 니 아버지 성 지킬 새끼 하나 없이, 니 묏등 지킬 자식 하나 없이 그렇게 가래?"

일독이 올라 화장이 짙어지고 나날이 눈빛이 사나워지는 영희를, 영희보다 더 몸이 달아 동동거리며 지켜보던 성자가 작정을 하고 덤 볐다.

"너, 시집가라. 봉제공장 때려치우고 시집가."

"시집? 나 민석이랑 혼인신고한 여자야. 나이도 많은 데다 돈도 없어. 데려다가 봉제공장 차려 누에고치에서 실 뽑아내듯 생산목표량 뽑아낼 놈이면 모를까 누가 데려간다니?"

"데려간대. 너 민석이 호적에 올라 있는 거 상관없고 공장에 안 내보내고 민석이 묏등도 지켜준대. 첫 자식 낳으면 민석이 자식 시켜

주겠다고 했어."

영희는 웃었다. '영악스럽고 까탈스런 세상에 너그럽기도 하셔라. 자식이 대여섯 딸린 홀아빈가? 아니면 청맹과니나 사지 중 두어 개가 비는 건가?'

"너보다 한 살 어린 총각이야. 면장할 만큼 똑똑해 보이진 않지만 순하고 착하대. 사지는 멀쩡하고 건강해 보이더라."

"그런 남자가 나 데려다 어디다 쓴다는 거야?"

"아들 낳고 딸 낳고 잘 살아보겠다고 했어."

"다른 여자 찾아보라 그래. 난 봉제공장 말고 딴 데서는 쓸모가 없는 여자야."

"영희야. 시집가. 내가 봉제공장 때려치우고 시집와 살아보니 너무 좋아. 서방 그늘에 살아보니 좋더라고. 자식 낳아 보니 더 좋더라. 너, 그만큼 발광했으면 됐어. 너 이미 속 빈 강정이야. 비틀고 쥐어짜도 더 버틸 힘없어. 둘이 같이 납치됐다가 구조됐는데 나만 좋고 나만 잘사는 것 같아서 나, 맘 너무 안 편해. 불편해. 불편해서 죽을 것 같단 말이야."

"니 맘 편하라고 시집을 가니? 같이 뛰어들었다가 네 남자는 살고 내 남자는 죽은 게, 니 탓이야? 너 맘 불편할 거 없어."

"민석이 죽은 지가 언젠데? 우리 송이가 벌써 몇 살인지 아니? 세상에 사내가 죽은 민석이 하나뿐이냐고?"

"저 죽을 거 뻔히 알면서 나 살리겠다고 사지로 뛰어들 남자가 세상에 또 있다고? 그때 민석이가 그렇게 죽지 않았으면 너하고 나, 지금쯤 뭇 사내들의 정액받이가 됐거나 섬 노예 됐겠지. 그놈들 그럴 계획이었다니까. 그러고도 남을 놈들이었단 말이야."

"아니, 죽었겠지. 너하고 나, 죽기로 했었잖아. 납치되어 여인숙에 갇히는 순간 그러기로 다짐했었잖아. 우리 용순이처럼 당하고 나서 연탄불 피워 놓고 죽지 말고, 전태일이처럼 분신도 하지 말고, 김경숙이처럼 투신도 하지 말고, 꼭 그놈들 손에 죽자고 했었잖아. 찢겨 죽건 밟혀 죽건 맞아서 죽건 꼭 그놈들 손에 죽어서 세상이 알게 하자고 했었잖아. 너하고 나, 한다면 하는 년들이잖아."

'그래, 그랬지. 그랬는데, 왜 나는 살고 민석이는 죽었지? 죽기로 한 건 나였는데.'

"기왕에 살아남았으니 제대로 살자. 봉제공장에서 햇볕 한 번 제대로 못 받고 시들시들 시들어가지 말고. 나, 평생 민석이한테 고마운 거 안 잊고 살게. 영희야. 봉제공장 생산관리자들의 말로가 사창가 정액받이나 섬 노예와 크게 다르지 않아. 나을 게 없어. 밤낮을 안 가리고 기계처럼 부려먹을 땐 가족이지 병들고 지쳐서 생산목표량 못 채우면 그 순간 바로 아웃되는 게 이 바닥 생리라는 거 누구보다도 잘 알잖아? 의리가 있냐? 인정이 있냐? 생산목표량만 바라보다 늙어서 폐지 취급당하지 말고 시집가. 시집가서 서방 밥 먹고 살아. 제발."

성자는 그렇게 울면서 매달려 애원을 했다. 시집가라고. 시집가서 나처럼 한번 살아보라고.

"설렁설렁 살아. 기 쓰지 말고."

"설렁설렁? 살아 보니 그게 되든?"

"쫄랑쫄랑 살아."

"쫄랑쫄랑?"

"그래. 강아지처럼 쫄랑쫄랑. 너나 나나 주인 돼서 책임지는 거 할 만큼 했어. 봉제공장 생산책임자 조영희는 죽여서 민석이 묏등 옆에 묻어 버리고 시집가서 아들 낳고 딸 낳고 잘살아 보자구, 민석이 몫까지 말이야. 그래야 민석이가 덜 억울하지. 응? 영희야."

3 / 흔들리는 철수의 눈 속에는

　　　　　　　마주 앉은 영희와 철수의 양쪽에는 중매를 맡은 성자와 시누이가 앉아 차를 마시고 있었다. 성자가 철수에게 물었다.

"족제비를 잘 잡는다면서요? 동생분 말로는 한 해 겨울 족제비 잡는 벌이만 해도 영희가 공장에서 일 년 버는 것보다 더 많이 번다고 하던데요."

"네, 뭐. 전국으로 쑤시고 돌아다니니까요."

"지금까지 족제비 잡아서 얼마나 모았어요?"

"난 그런 거 잘 몰라요."

"왜요? 왜 몰라요?"

"형들이 다 알아서 해준다고 걱정하지 말랬어요."

성자네 생선 가게에 손님으로 왔다가 이야기 끝에 영희와 제 오빠 중매에 나선 여동생이 격하게 맞장구를 치고 나섰다.

"그럼요, 우리 큰오빠가 작은오빠한테 얼마나 잘하는데. 다 알아서 해줄 거예요. 아무것도 신경 쓸 일이 없다니까요."

"뭘 알아서 해주실 건데요?"

성자가 다시 묻자 철수가 대답했다.

"집도 사주고 땅도 사준댔어요. 시키는 대로 족제비 잡고 농사 잘 짓고 시키는 일만 잘하면 다 알아서 해준댔어요."

여동생이 또다시 맞장구를 쳤다.

"그럼요. 알아서 다 해줄 거라니까요."

"왜요?"

"왜긴요. 우리한테 큰오빠는 부모나 마찬가지예요. 부모가 자식 일 알아서 챙기는 거, 당연한 거 아닌가요?"

"그래요? 그런데 언제 챙겨 주신다는 건가요?"

"장가갈 때요."

"그럼요. 작은오빠 장가만 들면 우리 큰오빠가 좋아서 뭐든 다 해줄 건데요, 뭐. 지금까지 고생 많이 하셨는데 이제 그만 편하게 오빠들이 하자는 대로 따라만 가시면 돼요."

영희는 뭐가 뭔지 모르겠다는 얼굴로 애꿎은 커피잔만 만지작거렸다. 참 좋은 형도 다 있다 생각했다가 나도 맏이인데 동생들 일이라면 저렇게 알아서 다 해줘야 하나 생각도 하다가 남들도 이렇게 하는 건가? 시집을 처음 가보는 거니 뭘 알아야지. 남한테 맡기고 따라만 가는 일도 처음이라…… 그저 앉아서 커피잔만 만지작거렸다. 그런 영희 대신 성자가 말을 이어 갔다.

"알아서 해준다고 했다면서 예식장은 왜요?"

"막내랑 합동결혼식을 올리려고 했는데 막내 처갓집에서 난리가 났대요. 막내네 처갓집은 엄청난 부자인 데다 할아버지가 화내시면 무섭대요."

화나서 안 무서운 사람도 있나. 영희는 생각했다.

"그럼 어떡할 거예요?"

"막내는 정해진 날 예식장에서 하고 우리는 막내보다 하루 이틀 먼저 예배당 같은 곳에서 조촐하게 치루는 게 어떠냐고요. 예배당은 큰형하고 둘째 형수가 알아본댔어요. 형수가 교회 다니거든요. 사진관에 드레스도 빌려 놨대요. 한번 가서 입어보래요."

조촐하게! 알아서 해주는 집안인 건 확실히 맞는 것 같았다. 시집올 당사자인 영희의 의견은 묻지도 않고 이미 그렇게 결론을 내려버린 걸 보면.

"……이게 드레스 맞아요?

후줄근하게 늘어진 데다 변색까지 된 드레스를 본 영희가 사진관 주인에게 물었다.

"왜, 맘에 안 드십니까?"

"여긴 이렇게 더럽고 구겨진 드레스밖에 없나요?"

"그럴 리가요. 방금 들어와 하얗게 눈이 부신 새 드레스도 많지요."

"그런데 왜 나한테는 이런 드레스를 줘요?"

"아! 그거야 공짜니까 그렇죠. 생각해 보세요. 드레스 세탁하는 데

돈이 좀 드나요? 공짜로 빌려주는 것까지 일일이 세탁해 드리면 우리는 뭐, 흙 파다가 장사하나요?"

영희는 생각했다. 예배당 예식에 공짜 드레스라……. 조영희 너, 시작부터 사람대접 제대로 받는구나. 아주 조촐하게.

"돈 낼 테니 다른 드레스 주세요. 깨끗한 걸로요."

"잘 생각하셨어요. 일생에 한 번 입는 옷인데."

그렇게 시작된 조촐한 영희의 결혼식에 드레스는 시작에 불과했다.

"가락지 한 짝도 없는 거예요?"

묻는 성자에게 철수가 대답했다.

"둘을 한꺼번에 하게 돼서……. 그래서 패물까지 챙길 형편이 안 된 거예요."

"아니, 어머니도 계시고 형제가 다섯이라면서요? 다들 밥술이나 드신다면서요? 아무리 힘이 들어도 그렇지. 가락지 한 짝 해줄 형편 되는 사람이 없다는 게 말이나 됩니까?"

얼굴이 붉어지고 언성이 높아지는 성자를 영희가 막았다. 성자를 막으며 영희는 생각했다. 조용히 넘어가자. 형편이 안 된다는데 어쩌겠는가. 그러나 아무리 어쩔 수 없는 일이라 생각해도 섭섭함은 가시지 않았다. 다른 무엇보다도 형편으로 치자면 누구 못지않게 어려운 엄마와 동생들이 신랑 양복 한 벌에 반지 닷 돈, 그리고 손목시계까지 준비해온 마당에……. 엄마와 동생들 보기가 면목 없고 창피했다.

하지만 정말로 영희의 가슴에 대못을 박는 일은 이틀 후에 일어났다.

이틀 뒤, 시동생의 결혼폐백실. 형편이 어려워 둘 다 패물은 생략할 수밖에 없었다던 철수의 말과는 달리 막내 앞에는 반지와 목걸이, 그리고 팔찌 세트가 무려 두 세트나 놓여 있었다. 예식장 비용은 큰형이, 패물은 둘째 형과 영희를 중매한 시누이가 한 세트씩 했다고 했다. 이게 무슨 뜻인가. 영희는 생각했다. 철수가 부실한 사람이라 철수 각시를 홀대하는 것인가? 다른 남자 호적에 이름이 올랐던 여자라 차별을 하는 것인가? 그것도 아니면 친정이 어렵다는 이유로 얕잡아 보는 것인가? 영희 맘속 깊은 곳에서는 수치심과 더불어 시누이를 향한 분노가 용암처럼 끓어올랐다.

다른 사람은 몰라도 네가 나서서 중매를 해놓고 나를 이렇게 대해? 나를 이렇게 치욕스럽게 만들어? 아무도 너희들처럼 나를 함부로 막 대하지는 않았어. 공깃돌처럼 작고 동글동글한 자식들을 남겨두고 죽어 버린 아버지도, 그 숱한 날 그 많은 생산목표량을 책정하고 주문했으며 노조가 결성되는 걸 막기 위해 달중이네 재건대원을 이용해 용순이를 죽게 만든 사장도, 나와 성자를 납치해 아작을 내 팔아넘기겠노라 날뛰던 달중이네 똘마니도, 너희처럼은 대하지 않았어. 아버지는 미안하다, 부탁한다고 했고 사장은 내 뼛속까지 빨아먹기 위한 부추김이었지만, 입으로는 언제나 너밖엔 믿을 사람이 없다, 너만 믿는다고 했어. 달중이네 똘마니는 침을 뱉으며 발길질을 하고 독사보다도 독한 년이라고 욕을 하면서도 무섭고 찜찜하다고 꺼려했고 피바람 회오리를 몰고 들이닥친 정권조차도 나와 내 동료들을 일러 부강한 나라 건설의 초석이며 장차 이 나라의 무궁한 발전을 이끌어 나갈 산업역군들이라 했다고. 그래, 정말이지 아무도 나를 너희들처럼은 대하지 않았어. 너희들처럼 함부로 대하지는 않았단 말이다.

영희는 분노했지만 소리를 내지는 않았다. 섣불리 소리를 내어 그들을 자극해 본들 이로울 게 없을 것 같았다. 그리고 소리를 내지 않는 분노는 어떤 힘도 발휘하지 못했다. 공짜드레스에 이어 보증금 없는 월세방에 알아서 다해 주는 살림밑천. 쌀 두 말, 배추김치 작은 독하나, 더 작은 독에 총각김치 한 독, 한 사발들이 항아리에 깍두기 하나, 그리고 연탄 백 장이 전부인 철수 몫의 재산분할이 그걸 말해주고 있었다.

"철수 씨, 족제비 열심히 잡았다고 그러지 않았나요? 농사일 부지런히 도왔다고 안 그랬나요? 형들이 시키는 건 뭐든 다 했다고 하지 않았나요?"

"지금 도와주면 자꾸만 형을 의지하게 돼서 안 된대요. 자립심을 길러주려고 일부러 안 도와주는 거래요. 열심히 살아보래요. 사는 거 봐가며 도와주겠대요."

"그래서, 기다릴 거예요? 형들이 안 도와주면 이렇게 굶어죽을 거냐고요?"

"족제비……."

"안 돼요. 족제비 밀렵, 그거 범법이에요. 잡혀간다고요."

"그럼 농사철 되면……."

"형들 농사 돕고 얻어다 먹자고요?"

"……."

"무슨 일을 해서 마누라를 먹여 살릴까 잘 생각해 봐요. 내가 무슨 일을 잘하나? 무슨 일을 하면 나랑 내 마누라가 형들 도움 없이 살 수 있을까?"

"형……."

그저 입만 열면 형, 형, 형……. 영희는 철수의 말을 잘라 버리며 다시 한 번 강조했다.

"형들 도움 안 받고요."

"그럼 어떻게 해요?"

"취직을 하면 되잖아요."

"안 된대요. 나는 취직 못한대요."

"왜요? 누가 그래요?"

"형들이요. 나는 제대로 할 줄 아는 게 없어서 취직해 봐야 금방 쫓겨난대요."

영희는 아득한 시선으로 철수를 쳐다보았다. 그렇게 잠시 철수를 바라보던 영희는 그 속에서 아버지를 발견했다. 병마에 갉아 먹혀 껍질뿐인 육신이나마 지켜내고자 매 순간 사투를 벌이던 아버지! 눈빛만이라도 살아남아 화롯불 같은 열정으로 갈망해온 내 집, 내 여자, 내 자식을 지키고자 전 생애를 저승사자와 기염을 다투는 일로 보낸 아버지! 그럼에도 결국 죽어 갈 수밖에 없었던 아버지! 막막하고 아득할 때마다 생각나는 아버지!

'나, 지금 힘들구나.'

철수의 눈 속에 보이는 아버지를 보는 영희의 눈에, 아버지 뒤에 숨어 떨고 있는 어린아이가 보였다. 영희는 저도 모르게 아이에게 물었다.

"얘! 넌 왜 그렇게 떨고 있어?"

"아버지가 아파! 하루도 빠지지 않고 아파! 많이, 아주 많이, 아파서 죽을 만큼 아파! 그래서 나는 겁이 나. 매일매일 겁이 나. 아버지가 죽을까 봐, 너무 아파서 죽어 버릴까 봐."

떨고 있는 아이를 향해 아버지가 몸을 돌리더니 말했다.

"영희야! 걱정하지 마라. 아버지 안 죽을 테니 염려하지 마라."

아버지의 말이 끝나기 무섭게 이번에는 서울 가는 버스에 앉은 아이가 보였다. 아이는 차창에 매달려 등 뒤로 멀어지는 고향 땅을 보며 이를 악물고 있었다. 영희는 또다시 아이에게 물었다.

"너, 어디 가니?"

"서울요."

"서울엔 왜?"

"돈 벌려고요."

"돈 벌어서 뭐하려고?"

"아버지 병도 고치고 아버지 대신 동생들 공부도 시키려고요."

그렇게 가고 싶던 중학교도 못 보내주고, 아무리 아파도 살아 있어 달라는 부탁 하나 못 들어주고, 돈 많이 벌어와 병 고쳐줄 때까지 기다리겠다던 약속조차 못 지킨 아버지였다. 그러나 그럼에도 불구하고 아버지는 영희에게 있어 일생 기댈 언덕이었고, 사무치는 그리움이었다. '아버지만 살아 있었어도'는 영희에게 있어 일생의 피할 바위였고, '우리 아버지가 살아 있었다면 느덜 다 죽었어! 자식들아, 까불지 마!' 할 수 있는 힘이었다. 그랬다. 아버지는 죽어 보이지 않음에도 영희에게 있어 힘이었다. 때문에 그녀는 여전히 아버지를 떠나보내지 못하고 있었다. 아버지를 떠난다는 것은 캄캄한 우주 위에 홀로 버려지는 두려움과도 같았기에.

영희는 철수의 눈을 보며 그것을 깨닫고 있었다.

'나, ……아직 아버지를 못 떠나고 있구나.'

아무리 가혹하고 무거울지라도 가족은 운명이다. 영희에게 아버지가 가족인 것처럼, 철수에게는 형들이 가족인 것이다. 맞다, 쓸데없는 감상이고 미친 짓이었다.

"내가 취직하면 안 돼요? 나 취직하면 돈 벌 수 있는데."

"안 돼요. 우리 집안은 여자들 밖에 안 내보내요. 절대로."

'절대로'라……. 그래, 어디 한번 살아보자. 당신 가족들의 무례, 내게 아버지가 없어서라고 치부하고 살아보자. 살아갈 방법을, 찾아내보자.

4 / 영희 친구 성자

"가자."

"가야겠지?"

성자의 말에 영희가 물었다.

"노예가 장가를 갔으니 여자 노예 생겨서 좋다고들 하겠어."

"그럴 거 같지?"

"이 결혼, 내 실수야. 인정할게. 뺨 세 대 대신 평생 네 끼니는 내가
책임질게."

"성자야! 나, 일 년 동안만 살아보면 안 될까?"

"왜? 이 집구석에 남아 노예해방운동이라도 하려고? 영희야. 너랑
나, 그리고 용순이까지 셋이 붙어 다니다 용순이 년이 노동조합 만든
다고 설치다가 험한 꼴 당해 죽은 거, 두 눈으로 똑똑히 봤지? 그 꼴
을 보고 산 년이 노예해방운동을 하겠다고?"

성자는 속이 터져 화를 내며 소리쳤지만 영희는 고집을 꺾지 않
았다.

"성자야, 나는 안 죽어. 안 죽을게."

"네 맘대로 안 죽어? 너, 내가 달중이 패거리들 원단 빼내는 거 눈 감아주자고 했을 때 내 말 안 들었지? 그 무서운 놈들 건드렸다가 무슨 험한 꼴을 당할지 모르니 눈 감고 모른 척하자고, 사장까지 나서서 말렸는데 너 안 들었지? 그때도 너, 아무 일 없을 거라고 했었어? 지들 것 빼앗는 게 아니라 우리 것을 지키는 거니 문제없을 거라고 말이야. 영희야, 나 용순이 잃고 민석이 잃고 너까지 잃으면 못 산다. 못 산다고."

"일 년만 살아 볼게. 일 년을 살았는데도 안 되면 그때 너 따라갈게."

"일 년 동안 뭐가 되는데? 대체 뭘 하려는 건데?"

영희는 잠시 말을 멈추었다가 입을 열었다.

"이 사람한테…… 말해줘야 할 것 같아. 알게 해줘야 할 것 같아."

"뭘?"

"당신은 노예가 아니다. 나쁜 건 당신이 아니다. 당신은 저들에게 사과를 요청할 권리가 있다. 노예해방운동이 아니고 탈출 교육을 해주려는 거야. 그러니 위험하지 않아."

"운동이고 교육이고 그걸 왜 네가 해? 그게 어떻게 안 위험해?"

"성자야, 내가 버리고 나오면 철수 그 사람, 평생 노예 못 벗어나."

"야, 이 미친 것아. 그걸 네가 왜 걱정해? 멈칫거리다 애라도 생기면? 노예가 자식을 낳으면 그 새끼는 뭐가 되는지 아니? 노예야, 노예. 너, 새끼 낳아 노예 만들래?"

"성자야! 그러지 마."

틀린 말은 아니었지만 지나치다 싶었는지 영희가 한 소리를 했고, 성자는 그런 영희를 향해 못을 박듯 직언을 날렸다.

"영희야, 너야말로 그러지 마. 여긴 지옥이야, 지옥. 벗어나는 게 최선이야. 알겠니?"

작은 냉골 방에 여자 둘과 남자 하나가 마주 앉아 있었다. 성자와 영희, 그리고 철수였다. 이번에도 먼저 입을 연 것은 성자였다.

"예식장부터 차근차근 설명 좀 해주실래요?"

"그게 뭐……다…….”

"왜요? 다 잘해줄 줄 알았는데 안 해주던가요?"

"……네."

"형들이 안 해준 거니까 철수 씨는 책임이 없다는 건가요?"

"그건 아니지만."

"그건 아니지만 철수 씨는 할 수 있는 게 없다는 말씀이죠?"

"성자야!"

"넌 좀 가만히 있어."

끼어드는 영희에게 성자가 말했다. 그러나 영희는 물러서지 않았다.

"그만해."

"가만있으라고. 나, 중매쟁이야. 네 결혼생활에 간섭할 권리 있어. 이 결혼에 책임이 있는 사람이야."

"잘살게요. 잘살면 되잖아요."

서로 지지 않고 맞서는 친구 사이에 철수가 끼어들었다.

"잘살아요? 어떻게 잘살아요? 당장 쌀 떨어지면 뭐 먹고 살 건지에 대한 대책도 없다면서 어떻게 잘살아요? 대체 어떻게 잘살 건데요?"

"뭐 대책이 없다고 산 사람 입에 거미줄이야 치겠어요?"

"세상에 기가 막혀. 처음부터 그런 배짱이었어요? 그래요? 백 번 양보해서, 예식장 빌릴 돈 아끼려고 예배당 빌려서 식 올리고 공짜 드레스 얻어 입히려 한 것까지는 이해한다고 쳐요. 겨울마다 족제비 잡고, 농사철마다 불려 다니고, 공사판에도 부지런히 쫓아다녔다면서 가락지 한 짝 준비 못할 만큼 주변머리 없는 것까지도 이해한다고 치자고요. 형편이 안 돼서 패물 못 해준다더니, 이틀 후 동생 결혼식 때 동생 색시한테 쏟아진 패물들은 뭐죠? 형편이 안 되는 게 아니라 차별을 한 거잖아요? 제대로 하자면 한쪽으로 간 두 세트가 나뉘어서 하나씩 주어졌어야 맞는 거 아녜요?"

"그거야……."

"형들이랑 동생이 한 일이니 철수 씨는 모른다는 거죠. 몰랐으니 책임도 없다 이 말입니까?"

"그런 건 아니지만."

"그런 게 아니면 왜 잠자코 있는 겁니까? 철수 씨! 철수 씨는 아무렇지도 않습니까?"

"잘할게요. 살면서 잘할게요."

불처럼 화를 내는 성자 앞에, 마치 그게 자신이 할 수 있는 최선이자 전부라는 듯이 대책 없는 대답으로 일관하는 철수의 태도가 성자의 화를 더욱 돋우고 있었다.

"어떻게 잘할 건데요? 뭘 가지고 어떻게요?"

"족제비라도……."

"족제비요? 족제비 잡으면 팔 줄은 알아요? 잡기만 했지, 팔아본 적도 없고 값이 얼마인지도 모른다면서요?"

"그거야 그렇지만 형들한테……."

"형들이요? 앞으로도 계속 형들 밑에서 시키는 일이나 하면서 노예처럼 살겠다, 그 말씀인가요?"

"성자야! 너 제발!"

"조영희! 나, 이 남자 안 잡아먹을 테니까 가만히 좀 있어. 철수 씨, 철수 씨가 대답하세요. 앞으로도 계속 지금처럼 살 건가요?"

"내가 어떻게……."

"내가 어떻게? 철수 씨는 영희를 대하는 형제들의 태도에 화 안 나나요? 설마 아무렇지도 않다는 겁니까?"

"아무렇지 않은 건 아니고 속은 상하지만……."

"속은 상하지만 형제들한테 따지거나 항의할 생각은 없다는 건가요?"

"그게……."

성자는 이 기회에 단단히 못을 박고 가겠다는 듯 집요하게 파고들었다.

"철수 씨! 형들한테 따지거나 항의해 본 적이 있기는 한가요?"

"아뇨."

"아니라고요? 억울하거나 부당한 일이 없었다는 건가요? 있지만 참았다는 건가요?"

"따져봐야 형제간에 분란만 날 테니까."

"분란이 날까 봐서 참았다는 거네요. 철수 씨가 참으면 조용히 넘어가니까."

당연히 그렇다는 말이 나올 줄 알았던 철수의 입이 순간 꾹 닫혔다. 마치 하고픈 말이 있음에도 억지로라도 참겠다는 듯이. 그렇게 잠시, 하고픈 말을 참느라 입술을 달싹이던 철수가 말했다.

"⋯⋯무섭고 겁나니까요."

"뭐가요?"

"형들이요."

"형들이 무섭고 겁나요? 왜요?"

"죽을까 봐서요."

생각지도 못한 말이었다. 죽을까 봐 무섭다니.

"죽어요? 그게 무슨 뜻이에요?"

"맞아 죽어요. 우리 형들은 맘만 먹으면 나 같은 거, 때려죽일 수도 있어요."

한동안 말없이 철수를 바라보던 성자가 입을 열었다.

"철수 씨! 나는 당장 이 결혼 깨고 내 친구 영희 데리고 가고 싶어요. 그러려고 왔어요. 그런데 저 미련한 것이 일 년을 살아보겠다고 하네요. 일 년을 살면서 당신에게 잃어버린 자존감을 찾아주고 싶대요. 맞아서 죽는 한이 있어도 틀린 건 틀렸다고 말할 수 있게 해주고 싶대요. 어떻게 생각하세요? 지금 가는 게 맞을까요? 일 년을 살아보는 게 맞을까요? 영희는 당신이 일 년이면 형들한테 사과를 받아낼 수 있을 거라고 하던데요."

협박 같은 성자의 말에 철수는 잠시 고민에 빠진 듯 눈알을 굴렸다. 영희 역시 말없이 그런 철수를 지켜보았다.

"……받아볼게요, 일 년 안에. 사과받아 내면, 저 사람 안 가는 거지요?"

"그래요? 그렇다면 일 년 동안 지켜보겠습니다. 열심히 살아보세요. 열심히 사셔서 형들한테 반드시 사과받아 내세요. 당신을 매질한 것, 약속을 안 지킨 것, 당신 아내를 차별하고 모욕한 것, 다 사과받아 내세요."

한 꺼풀 누그러진 성자의 당부에 철수는 고개를 주억거렸다.

"네. 알았어요."

"그리고 알아두세요. 내 친구 영희 함부로 해도 괜찮은 사람 아닙니다. 차별당하고 무시당할 이유가 없는 사람입니다. 누군가는 자신의 목숨을 바쳐 구했을 만큼 소중한 사람이에요. 사랑받던 사람입니다. 그 사람의 목숨 값으로 살아남은 영희를 함부로 하는 거 하늘도 벌을 내리겠지만 나도 참을 수 없어요. 내 친구 영희 소중하게 대해주세요. 그리고 또 하나 확인하고 갈게요."

"뭔데요?"

"민석이 묏등 지켜 주겠다고 했죠? 첫 자식 낳으면, 민석이 자식 해준다고 했죠?"

"성자야."

영희가 성자를 나무라듯 불렀다.

"넌 가만있고 철수 씨 대답하세요. 나한테 그렇게 약속했지요?"

"네."

"만약에, 이건 만약인데요. 만약에 철수 씨가 일 년 안에 형들의 사과를 받아내고 잃었던 자존감을 찾아 영희와 살게 되면 그 약속 지킬 거죠?"

"성자야, 자식 낳아 민석이 자식 해주라는 게 말이 되냐?"

참다못한 영희가 다시 끼어들었다. 그러자 성자가 화난 목소리로 소리쳤다.

"왜 말이 안 돼? 민석이가 대신 죽어 우리를 살려내지 않았으면 너나 나나 무슨 수로 자식 낳아 부모 노릇하고 살아? 나나 네가 자식 낳아 민석이 아버지 성을 이어 가진 못해도 묏등 지키고 자식노릇 시키는 거 그것도 못해? 민석이한테 그 정도 대접도 못해?"

높아지는 성자의 목소리에 철수가 입을 열었다.

"그 약속…… 어떻게 지키면 되는데요?"

"때 되면 벌초하고 때 되면 찾아가 문안하고 수시로 민석이가 누군지 어떻게 죽어 거기 묻혔는지 말해주고요."

"알았어요. 약속할게요."

다시 고개를 주억거리며 알겠다고 답하는 철수 앞에 성자가 백지

한 장을 내밀었다.

"여기 각서 쓰세요. 일 년 안에 형들에게 사과를 받아내겠다는 이 약속 못 지키면 이 결혼은 무흅니다. 만약 아이가 생길 경우 아이의 친권도 포기하는 겁니다. 그리고 또 하나 여동생에게 전하세요. 내 눈앞에 나타나지 말라고요. 내 눈에 띄면 오징어 먹물 발라내듯 그 주둥이를 토막 쳐서 으깨 버릴 거라고요. 그러니 평생 내 눈에 안 띄 게 조심, 또 조심하고 살아라 하세요."

5 / 스물

　　　　　　"지금 형태아버지 김갑수랑 모처에서 술 마시고 있대. 들어간 지 한참 됐어. 준비 단단히 하소. 낫이랑 호미 같은 것은 다 치워 버지고 애들 옆집으로 보내는 것도 잊지 말고."

　"아주버님 취해서 탁자를 들러 엎고 난리예요. 손님 다 내쫓아 장사 망친다고 쥔 여자 난리고요. 기물 파손에 장사 못한 것까지 다 배상 안 하면 파출소 순경 부른다고 해서, 그만 죄에 그 양반 평생 가둬 두겠냐? 벌 받고 나온 그 양반 손에 죽고 싶지 않으면 맘대로 해보라고 했어요. 그나마 이 바닥에서 장사해 먹기 싫으면 알아서 하시라 했지요. 쥔마누라 겁먹었을 테니 형님이 가서 적당히 합의 보세요. 형님까지 날뛰다가 날 잡어 잡수셔 하고 장사 때려치울 테니 법대로 해보자고 덤비면 골치 아프니까 살살 달래시고요."

　"나는 그냥 네, 네, 해요. 도망갈 틈이 있으면 좋은데 느닷없이 들이닥쳐 뒷덜미를 잡히면 별수 있나요. 뭐라고 하건 네, 네, 당신 말이 다 맞아요. 잘못했어요. 다 내 잘못이에요. 그러면 때려도 많이 안 때리더라고요."

"그래. 그래야지. 술 취한 사람 붙들고 옳으니 그르니 해봐야 매만 버는 꼴이지 별수 있어. 미련 파다 맞으면 골병만 들지."

"엄마한테 가봤냐? 그러면, 그럼 가봤지. 가서 쇠고기 국거리 두 근 끊어다 드리고 왔지. 그래. 셋째네 좀 들여다봤냐? 그러면, 그랬다고 그래. 어차피 술 깨고 나서 확인할 것도 아닌데 곧이곧대로 말했다가 집안 시끄러울 게 뭐 있어? 다 좋은 게 좋은 거지."

해거름 때쯤이면 철수네 형수와 제수가 전화통 옆에서 주고받는 일상어들이었다.

그런 형편과 처지에 놓인 사람들이니 그들의 말을 믿고 뭔가를 계획하거나 설계하면 필연적으로 철수처럼 낭패를 겪게 돼 있었다. 그들은 자신들이 살기 위해서는 어떤 약속도 할 수 있었고, 어떤 약속도 파기할 수 있었다. 그리고 그들이 뭉치면 그 집안에서는 안 될 일이 없었다. 그 둔덕을 다스리는 건 사나운 발톱과 이빨을 가진 호랑이인 듯 보여도 실세는 그 호랑이를 다루는 조련사들, 즉 아내들이었다. 그들의 아내들은 하나같이 노련하고 기민했다. 그들의 약속은 그들에게 유리할 때만 지켜졌다. 지키지 못한 약속에 대해서도 그들은 미안해하거나 사과를 하는 대신 당당하게 큰소리를 쳤다.

"우리가 살아남는 것보다 더 큰일이 어딨어?"

살아남기 위해서 임기응변으로 한 약속이나 즉석즉답으로 내뱉은 말까지 일일이 책임질 여유가 자신들에게는 없다는 것이었다.

"아이고 내가 뭐 쌓아놓고 안 주나? 줄 맘이 없어서 안 줘? 어떻게든 하나라도 더 해주려고 갖은 애를 다 쓰는데도 안 되는 걸 나보고 어떡하라고?"

그들은 약속을 지키지 않으면서도 언제나 큰소리를 쳤다.

"내가 언제 무슨 약속을 했다고 생사람을 잡어? 나는 우리 쥔 허락 없이는 시장 출입도 못 하는 사람이야. 정신이 나가지 않고서야 무슨 경을 치려고 내 맘대로 그런 약속을 했겠어?"

이렇게 잡아떼면 다른 도리가 없었다.

멸종된 맹수 잔류들의 소굴이었다. 그리고 그 소굴에서 가장 약한 개체로 낙인이 찍혀 버린 철수. 영희는 하필이면 그 약한 개체에 보급된 또 다른 개체였다. 애석하게도 영희 남편 철수는 기웃기웃, 형들 주변을 맴돌며 속앓이를 하다가 술을 입에 대기 시작했다.

결혼 전에도 술은 마셨다고 했다. 숨어서 홀짝홀짝. 티 안 나게 조금씩 마셔서 눈에 띄지 않았을 뿐이다. 그러던 철수가 결혼을 하고 난 뒤 술상을 차릴 것을 명했다. 몽둥이를 들고 날뛸 형도, 일러바칠 형수도 없는 술상 앞에 앉게 되자 철수는 당당해지기 시작했다.

"내 집 안에서 내가 마시겠다는데 뭐랄 놈 있어?"

그는 당당해지고 거리낌이 없어진 김에 술잔을 든 손을 민첩하게 움직여 연거푸 목 안으로 들이부었다. 영희가 좀 천천히 마시라고, 누가 뺏어 먹을 것도 아닌데 왜 그렇게 서두르는 거냐고 말려보기도 했지만 소용없었다. 그리고 그렇게 술이 들어가 취기가 퍼지면, 어리

바리하던 철수 안에 또 다른 철수가 등장했다.

"야! 너는 하늘 같은 서방이 술을 마시는데 옆에 앉아서 좀 따라 주면 안 되냐? 술잔은 장모가 따라도 여자가 채워 줘야 맛이라는데 말이야. 이건 장가를 가나 안 가나 내 손으로 내 술잔을 채워야 하냐? 야! 대답 좀 해봐. 대답해 보라고."

이렇게 시작한 또 다른 철수의 행패는 다음으로, 그다음으로 이어졌다. "왜? 사랑받던 분이시라서 나 같은 놈하고는 대작하기 싫다는 건가?"라며 수위가 높아지다 "일 년만 살아보겠다고? 일 년 살아보고 내빼겠다는 거야?"라며 결국에는 술상을 뒤엎거나 내던지며 난동을 부렸다. 그리고 술상을 내던지는 일이 익숙해지자 밥상을 내던지는데 추호의 망설임도 없었다.

"그래. 나, 모자란 놈이야. 원래 모자란 놈이라서 허구한 날 이놈 저놈한테 쥐어 박히고 걷어차이고 살았어. 우습지? 너도 내가 우습지? 아무리 우스워도 그렇지 밥상이 이게 뭐냐? 내가 개새끼냐? 먹다 남긴 거 다시 줘도 감지덕지하는 개새끼냐고?"

"우리가 먹던 건데 버리기 아까워……."

영희의 말이 채 끝나기도 전에 밥상은 엎어졌다.

"내가 버리기 아까운 쓰레기 치워 주는 쓰레기통이냐고!"

그렇게 알량한 세간들을 던지고 부수는 난동이 이어지고 급기야 철수의 주먹이 영희를 향해 날아들기 시작했다. 그녀는 처음에는 믿어지지 않았다. 칼로 찔러 사람을 죽이는 놈을 눈앞에서 봤어도, 형들이 사람을 때려죽이는 호랑이라는 말을 들었어도, 영희는 자신 앞에 주먹이 날아들 것이라고는 예상하지 못했다. 그래서 그녀는 '피식' 웃었다. 그리고 그 웃음은, 이후로 철수가 저지르는 모든 작태의 면죄부가 되고 말았다. 철수는 행패를 부릴 때면 말했다.

"네가 웃었잖아. 같잖다는 듯, 꼴 같지 않다는 듯."

아내에게 조롱을 당한 철수는 무슨 짓을 해도 정당방위가 되고, 철수를 조롱한 영희는 아무리 맞아도 자업자득이었고 마땅하고 쌌다. 그럼 맞아도 싸지, 싸고 말고.

시간이 흐를수록 철수의 난동과 폭행은 그 수위가 높아지고 잔인해졌다. 영희는 그렇다고 손위 형님들이나 아랫동서를 찾아가 도움을 청하고 싶진 않았다. 거기에는 몇 가지 이유가 있었다. 첫째는 그들과 은신처를 공유해야 한다는 게 죽기보다 싫었고, 둘째는 그들의 거짓말과 임기응변을 참아낼 자신이 없었고, 셋째는 하지도 않은 잘못을 인정해 순간의 위기를 모면하는 방식이 싫었고, 마지막으로 넷째는 무엇보다 그들에게 당한 수치와 분노가 잦아들질 않았다. 청한 적도 없는 형님들과 동서가 찾아와 위로인지 비아냥인지 모를 소리들로 영희를 자극했다.

"세상 착하던 사람이 뭔 일인지 모르겠네. 우리들하고 살 때는 일 년 내내 배추짠지 하나만 가져도 밥투정이라고는 모르는 사람이었는데 얼마나 심사가 뒤틀리면 밥상을 내던졌겠어? 딸린 새끼가 있는 것도 아님서 신랑 비위 하나 못 맞추고 쯧! 쯧! 쯧! 시상에 셋째 삼촌 같은 사람만 있으면 걱정할 게 없다고들 혔구만."

큰형님은 엎어져 나뒹구는 밥상을 내려다보며 혀부터 찼다.

"누가 아니래요? 누구는 누구만 못해서 참고 산대요? 서방 비위 맞추기 싫으면 아예 시집을 오지 말았어야지."

작은형님이 큰형님의 말에 신이 난 듯 맞장구쳤다. "우리 집 식구들이 성질이 사나워서 그렇지 나쁜 사람들은 아니잖아요."

손아래 동서까지 목소리를 내어 형님들을 거들었다.

"내 말이, 사회생활도 할 만큼 했다면서 융통성이 좀 있어야 하는 거 아녀? 도대체 어떻게 했길래 이 순한 사람이 이 난리를 부린다니?"

찾아온 그들이 한 일이라곤 철수부부의 문제는 순전히 철수가 장가를 가고 나서 생긴 것으로, 그 원인은 여자를 잘못 만난 탓이라는 판결을 내리는 것이었다. 땅! 땅! 땅!

남편은 술에 취해 난동을 부리고, 동서들은 사람이 잘못 든 탓이라며 손가락질들을 해대고, 쌀독의 쌀은 바닥을 보이고, 참 어렵고 힘든 시기였다. '바드득 이를 갈고 죽어볼까요?'라는 말이 떠오를 만큼…… 힘든 시간들이었다. 그럼에도 영희는 그들 앞에 손을 내밀거나 고개를 숙이고 싶진 않았다. 오기가 나서 잠잠히 듣고 있어야 할 타이밍에 이렇게 되바라진 소리로 응수를 했다.

"일 년 내내 배추짠지 하나만 줘도 밥투정 안 한 거, 형들한테 일러서 맞아 죽을까 봐 그랬답디다. 참고 견디면 먹고 살게 해줄 거라는 약속 때문에 꾹꾹 참았답디다."

그 일 년, 뇌옥이었다. 스올이었다. 한마디로 지옥이었다.

6 / 또 한 사람 최

　　　　　　　　잘 참고 시키는 대로 말 잘 들으면 뭐든지 해줄
것처럼 하던 형들에게 속았다는 걸 깨달았지만, 그렇다고 일 년을 살
아보겠다는 영희가 자신의 편이라고 믿어지지도 않았다. 자신의 힘
으로 할 수 있는 건 없었고, 방법은 떠오르지 않았다. 형수들과 등을
진 영희 때문에 그나마도 내 편이라 생각되었던 사람들이 돌아서 버
린 상황에 내몰린 철수는 불안 때문에 더더욱 난폭해졌다. 때문에 더
는 견딜 수 없어진 영희가 '이제 정말 떠나야 하나' 고민할 무렵, 한
남자가 등장했다. 최였다.

　영희와 결혼한 뒤에도 철수는 여전히 노예 생활에서 벗어나지 못
했다. 형들이 포악하기만 한 게 아니라 거짓 약속에도 능하다는 걸
알아버렸지만, 혼자서 살아갈 방법을 찾아내지 못했기 때문이다. 살
아갈 방법도 방법이지만 그것을 찾지 못하면 떠나겠다는 영희가 불
안해 마음을 놓을 수가 없었다. 결혼만 하면 형들이 약속한 내 집에

서 내 땅에 농사를 지으며 내 여자인 아내와 행복하게 살 것이라 믿었던 철수였다. 그 믿음 하나로 그 오랜 시간 모진 고문과도 같은 고통을 참아왔는데, 결혼과 함께 이루어지리라 믿었던 꿈은 결혼과 함께 박살이 나 사라져버렸다.

성자와 약속한 일 년이 가까워올수록 철수의 고통과 혼란은 더욱더 가중되었다. 그의 입장에서는 형들이나 아내나 믿을 수 없다는 점에서 다를 게 없었다. 믿을 사람이 없으니 하루하루가 불안했고, 다른 방법을 모르는 철수는 불안을 핑계 삼아 술을 마셨다. 술에 취하면 불안이 증폭되었고, 증폭된 불안 해소의 일환으로 행사되기 시작한 폭력이 습관으로 굳어지고 있었다. 결혼을 하면 "사랑해 당신을. 정말로 사랑해." 하며 사랑 노래만 부르고 살 줄 알았는데, 적어도 형들이나 형수들처럼 한 덩어리가 되어 한목소리는 내게 될 줄 알았는데……. 영희와 철수, 둘은 한 덩어리가 되어 한목소리를 내는 건 고사하고 하루도 조용히 넘어가는 날조차 없었다. 날이면 날마다 철수는 죽인다고 위협하고 영희는 죽여 보라고 악을 쓰고…….

철수는 이 모든 건 자신이 너무 억센 여자를 아내로 맞은 탓이라고 생각했다. 그리고 이 억센 여자를 다루는 방법은 매 외에 다른 길이 없다고 생각했다. '매 앞에 장사 없다'는 형들의 폭력의 변을 아내에게 적용시켜 보니 그럴듯했다.

"오죽하면 내가 너를 때리겠느냐? 말로 하면 니가 알아듣기나 해? 때리는 놈은 뭐 좋은 줄 아냐. 나도 힘들어. 매가 싫으면 말을 잘 듣던가. 매질을 해야 겨우 알아 처먹으니 나도 너무 힘들다구."

형수들은 형들이 눈만 크게 떠도 알아서 겁을 먹는다. 형수들처럼 남편인 나를 겁내주면 좀 좋은가. 겁을 먹고 다소곳해지면 집 안팎이 조용해질 텐데. 철수의 아내 영희는 남편과 맞서는 것도 모자라 형들 앞에서까지 지적질을 하고 나섰다.

"아주버님, 사과하세요. 아무리 동생이지만, 아무리 큰 잘못을 저질렀다 해도 사람이 사람을 때릴 권리는 없습니다. 사과하세요."

이 여자는 대체 모자란 건가 아니면 겁이 없는 건가. 철수는 영희가 남편 편을 들겠다는 것인지 아니면 죽이겠다는 건지 알 수가 없었다. 그냥 뒀다가는 무슨 소리를 더 지껄일지 모르니 우선 저 입을 막아야 한다. 입을 막는 방법은 하나다. 매밖에 없다. 형들이 화를 발하기 전에 철수는 아내를 끌고 나온다.

"아무래도 너 좀 맞아야겠어. 아무리 눈치코치가 없어도 그렇지. 형들이 어떤 사람들이라고 꼬박꼬박 말대꾸를 해."

아내인 영희를 잡아끌고 돌아와 방구석에 몰아넣고 겁을 줘도 영희의 기세는 누그러지지 않았다. 정말이지 그녀는 매를 부르는 여자였다. 주먹질에, 발길질을 멈출 수 없게 하는 여자였다.

"때리는 나도 괴로워. 내가 너를 때리고 싶어 때리겠냐?"

때리다 보니 때리는 일에 정당성이 생기고 정당성이 생기니 멈출 이유가 없어졌다.

"너 때리는 나는 편한 줄 아냐? 니가 형수들처럼 요령 있게만 굴어봐라. 내가 왜 니 몸에 손을 대겠냐?"

이유를 들이대기 시작하자 아내인 영희가 맞아야 할 이유는 나날이 늘어갔다.

"정말 형수들한테 그렇게 싸가지 없이 할래? 죽는다. 너, 정말 죽인다."

남편이 이렇게 나오면 '알았어. 다음부터는 잘할게'라던가 잘 모르면 '어떻게 하는 게 싸가지 있게 하는 건데' 하고 물어보기라도 하면 좋을 텐데, 이 잘난 여자는 그러는 법이 없었다.

"니네 형수들이 나한테 한 짓을 생각해 봐. 누가 싸가지가 없는 건지. 그리고 뭐 형수한테 굽실대지 않는다고 죽이냐? 죽여라. 죽여 봐."

대들어 매를 부르는 아내였다. 철수는 그렇게 죽이라고 달려드는 영희의 목을 졸라 죽일 뻔했던 날도, 몽둥이를 휘둘러 실신시킬 뻔했던 날도 있었다. 그러나 그도 사람이었다. 죽이네 살리네 지랄을 떨어도 다음 날 아침이 되면 후회가 밀려왔다. 이러다가 정말 마누라 잡겠다. 술 끊어야지 큰일 나겠다, 다짐 또 다짐을 했다. 하지만 형들에게 불려가 갖은 타박을 당하며 시달리다 보면, 형이나 형수들 앞에 여전히 각을 세워 꼿꼿한 아내를 보면 아침의 다짐은 허사가 되기 일쑤였다.

'그래, 다짐해 봤자지. 나 같은 게 뭘 하겠어. 내 주제에 무슨 큰일을 하겠다고.'

자존은 무너지고 술 먹을 핑계만 남아 그의 발길을 끌었다. 그렇게 술기운이 돌고 술집 화장실 거울에 비친 참담한 제 모습에 놀라 집으로 돌아와 보니 아내는 잠들어 있었다. 고단도 하시겠지. 못난 서방 따라서 노예살이 해내기도 힘들 텐데 온갖 참견에 온갖 옳고 그름까지 따지려니 고단도 하시겠지. 고단하게 잠들어 있는 아내를 보는 순간 울화가 치밀었다. 그러게 누가 너더러 형들한테 따지고 들래? 누가 너더러 형수들 앞에서 잘난 척하래? 눈 밖에 나서 눈총받으니 좋아? 고개 뻣뻣이 들고 대들어서 안 그래도 모자란 놈, 마누라 하나 단속 못하는 빙충이 머저리 만들어 놓으니 좋아? 좋아서 잠이 쏟아져? 생각할수록 울화가 치밀었다.

"야! 일어나. 서방이 안 들어왔는데 너는 퍼 자냐? 안 일어나?"

툭툭 발길질을 하면서 고함을 질렀다. 눈을 뜬 아내 영희가 자리에 누운 채 대답했다.

"조용히 들어와 자. 주인집 사람들 깨우지 말고."

"주인집 사람들 잠 깨는 건 겁나고 서방은 겁 안 나냐?"

"겁 안 나."

"안 나?"

화가 난 철수는 부엌으로 달려가 석유통을 들고 들어왔다. 네가 아직 뜨거운 맛을 못 봤구나, 생각하며.

"야! 일어나. 이 석유 그 이불 위에 들이붓고 라이터 켤 테니까 타 죽기 싫거든 일어나. 살고 싶으면 일어나서 도망가."

"하고 싶은 대로 해."

영희가 대답했다.

"내 말이 우습지? 내가 지금 헛소리하는 것 같지?"

철수가 석유통 뚜껑을 열고 영희가 덮고 있는 이불 위로 들이붓기 시작했다. 영희는 누운 채 그 모습을 바라보다가 눈을 감아 버렸다.

"야! 너, 안 일어나? 정말 안 일어나? 불붙인다. 정말 불붙인다."

"라이터 켜고 싶으면 켜. 불붙이고 싶으면 붙여. 나, 죽는 거 겁 안 나. 당신과 이렇게 사는 게 겁나지."

"뭐, 나 하고 사는 게 뭐?"

"이건 사는 게 아냐. 인간은 이렇게 살아서는 안 돼."

철수가 라이터를 든 손으로 이불을 걷어 올리며 울부짖었다.

"그냥 좀 넘어가주면 안 되냐? 따지고 맞서지 말고. 그냥 형님, 형님, 사근사근하게 굴어주면 안 되냐? 웃고 넘어가 주면 안 되냐고? 서방이 같잖아 보여도 좀 겁내주면 안 되냐? 겁도 내고 도망도 좀 쳐주면 안 되냐 말이야."

석유 냄새가 진동하는 가운데 몸을 일으켜 앉은 영희가 대답했다.

"도망? 어디로 갈까? 당신 형님들 찾아가 살려달라고 할까? 당신 형수들 고소하게. 당신 동생 찾아가 숨겨달라고 할까? 당신 제수 콧대 좀 더 높아지라고. 어디로 갈까? 아무리 생각해도 난 갈 데가 없네."

"좀 고소하면 어때서? 콧대 좀 높여 주면 어때서? 그런다고 골병이 드는 것도 아닌데 그걸 안 하겠다고 버텨서 나를 이렇게 나쁜 놈을 만들어야 하냐? 그래야 니 속이 시원해?"

"당신, 지금 나한테 이럴 때가 아닐 텐데. 이래서야 일 년 안에 사과를 받아내겠어?"

그 난리를 겪으면서도 영희와 철수는 형수들에게 불려 다니며 심부름을 해야 했고, 시키는 일들을 해낼 수밖에 없었다. 철수는 여전히 형들을 벗어나 사는 방법을 찾아내지 못하고 있었고, 여자는 밖에 내보낼 수 없다는 가문의 철칙을 버리지도 않았다. 그러던 어느 날, 영희의 몸에 이상이 생겼다. 며칠째 온몸에 오싹한 한기가 돌고 나른한 게 눕고만 싶었다.

'매를 너무 맞았나?'

그러면서도 그녀는 생각했다.

'이 집안 식구들은 왜 틀린 걸 틀렸다고 하면 이성을 잃는 걸까? 아닌 걸 아니라고 말하면 죽이겠다고 으르렁거리는 걸까?'

두꺼운 옷을 덧입고 냉수라도 마시고 정신을 차리자며 물컵을 들던 영희는 혹시나 하는 생각에 입으로 가져가던 컵을 든 채 벽에 걸린 달력을 바라보았다.

'도망을 쳐야겠구나. 나 스스로가 이곳을 벗어나지 않는 한 나를 구하러 올 사람은 없다.'

영희는 두 손으로 아랫배를 감쌌다. 그녀는 자신의 몸에 들어온 새 생명을 향해 소리 없이 외쳤다. 아가야 안심해. 엄마가 너를 지키고 있어.

마음을 먹은 영희는 방문을 나서 대문을 지나고 고샅을 거쳐 큰길에 들어섰다. 서울 가는 열차 삯은 안주머니에 있고 이 길을 걸어 버스를 타기만 하면, 역으로 가 서울 가는 기차를 타기만 한다면, 버스를 기다리는 동안 누군가의 눈에 띄지만 않는다면, 간이 오그라드는 두려움을 안고 걸음을 재촉하는데 '헉' 등 뒤에서 철수의 목소리가 들렸다.

"야! 너, 어디가?"

못 들은 척 걸음을 빨리했다.

"어디 가냐고? 오늘 형네 고추 따러 가야 한다는 말 못 들었어? 야! 너, 사람 말이 말 같지 않아? 형네 밭은 저쪽이잖아?"

뒤쫓아온 철수가 영희의 뒷덜미를 움켜잡았다. 고개가 뒤로 확 재껴지면서 걸음이 멈춰졌다. 영희는 철수가 움켜쥔 겉옷에서 몸을 빼내 차도로 뛰어들었다. 자동차 급정거하는 소리와 악을 쓰는 철수의 목소리가 동시에 들려왔다.

"야! 너 뒈지고 싶어? 뭐 하는 지랄이야?"

영희를 1m 앞에 두고 급정거를 한 운전사는 운전대에 엎드려 가슴을 쓸어내리고 있었고, 차도로 뛰어든 철수는 영희를 향해 팔을 들었다.

철수가 영희를 향해 뻗은 손을 내려치려는데 높낮이 없이 조용한 목소리가 들려왔다.

"형!"

최였다.

7 / 담보 채권 체결

영희의 임신 소식을 들은 성자가 한달음에 달려와 주었다. 그녀는 영락없는 노예생산자가 돼 버렸으니 어쩔 거냐고 펄펄 뛸 줄 알았는데 장하다고 했다. 축하한다고 했다. 이젠 철수를 인정하겠다는 뜻이냐고 물었더니 그건 아니라고 했다.

"이젠 정말 따지고 요청하겠지."

"응?"

"자신에게 행해졌던 폭력의 부당성과 지켜지지 않은 약속에 대한 보상 말이야."

"그럴까?"

"그럼, 그럴 거야. 그래야지. 자식이 생겼는데."

성자는 영희의 배 속에 든 아이가 철수에게 큰 용기를 줄 것이라고 했다. 그리고 그 용기에 힘입은 철수는 탈 노예, 탈 형제를 이뤄낼 수 있을 것이라 했다. 영희도 은근히 기대를 했다. 죽음을 향해 내몰린 피막의 아버지를 살린 것이 내 집, 내 여자, 내 자식을 향한 열망이라면 철수 역시 그 열망으로 이겨내 주기를 바라는 간절한 기대였다.

망설이던 철수가 마침내 입을 열어 물었다.

"형! 왜 그렇게 나를 때렸어?"

철수의 형이 철수를 한 번 힐끗 흘겨본 뒤 대답했다.

"왜긴 자식아. 맞을 짓을 하니까 때렸지."

철수는 말문이 탁 막힌다. 맞을 짓을 해서 때렸다는데 할 말이 떠오르지 않는다. 머뭇머뭇 또다시 묻는다.

"무슨 맞을 짓을 그렇게 많이 했는데?"

"근데 이 자식이 못 처먹을 걸 처먹었나? 너, 일 안 해?"

"무슨 맞을 짓을 그렇게 많이 했는데? 나 많이 맞았잖아. 거의 날마다."

"얌마! 넌 그냥 서 있기만 해도 맞을 짓이었어. 숨 쉬는 것도 맞을 짓이었다고. 넌 그냥 생긴 것부터가, 생겨난 것부터가 재수 없는 밥맛이었어."

"왜?"

"왜는 무슨 왜야, 자식아. 그냥 너만 보면 재수가 없고 화딱지가 나고 패 죽이고 싶었다니까. 아버지를 닮은 걸음걸이도 재수 없고, 엄마를 닮은 눈을 보면 더 화딱지 나고 병신처럼 징징거리면 죽이고 싶고……."

너무도 분명하고 확실하게 자신이 맞아야 할 이유들을 열거하는 형 앞에서 사과하라는 말은 차마 입이 떨어지지 않았다.

"그래도 나를 너무 많이 때렸잖아? 나를 너무 많이 아프게 했잖아?"

철수가 이어서 그러니까 사과해, 나를 아프게 때린 거 사과해, 라고 말하려 하는데 형이 손가락질하며 웃었다.

"이 자식 이거 미친 거 아냐? 얌마! 맞으면 당연히 아프지. 간지러운데 긁어주려고 때렸겠냐? 너, 잘 키워 장가까지 보내줬더니 딴 생각 나냐? 슬슬 기어올라 보겠다 이거야?"

"기어오르겠다는 게 아니라 왜……."

"이 자식이 아직 매가 모자란가? 니가 이렇게 매를 부르는데 내가 어떻게 안 패냐? 패지 않고 무슨 수로 너 같은 놈을 휘어 잡냐고? 너 이리 가까이 와 봐. 내가 왜 너를 때리는지 확실히 알게 해줄 테니. 이 자식이 좀 풀어준다 싶으면 하늘 높은 줄 모르고 개기려 들고 말이야. 이리 안 와? 너 도망가? 이 자식이 도망가면 내가 못 잡을 것 같아?"

형은 길길이 날뛰고 철수는 혼비백산하여 줄행랑을 치면서 소리쳤다.

"나도 이제 곧 애기 아빠가 될 거야. 이제 형들 나 못 때려."

소식을 들은 형수들과 제수가 철수의 단칸방으로 몰려왔다.

"쯧! 쯧! 쯧! 애만 낳아 놓으면 뭐 하나? 어른이 돼야지. 아니, 셋째 삼촌이 어떻게 형들에게 왜 때렸냐고 따져? 형들이 왜 때렸는지 정말 몰라요? 형들이 셋째 삼촌한테 어떻게 했는데."

"때리고 부려먹었잖아요."

"아이고 우리 삼촌 말하는 본새 봐요. 옛말 그른 거 하나 없다니까. 자고로 머리 검은 짐승은 거두는 기 아니라더니. 삼촌이 옳게 하는 일이 뭐시 있다고 부려먹었다고 그래요? 인자 장가도 들었고 애도 들어섰으니 이참에 생각이란 걸 좀 하고 살아요. 형들 찾아가 헛소리나 지껄여 형들 울화통 터져 죽게 허지 말고요. 오죽 답답했으면 형들이 두들겨 패서라도 사람을 만들라고 그 용들을 썼겠나 생각을 좀 해보란 말입니다."

"그나마 형들 아니었으면 삼촌이 아직까지 살아남아 있기나 했겠어요?"

"그동안 먹여 주고 입혀 주고 뭔 일 생길 때마다 열 일 젖히고 팔 걷어붙이고 나서준 형들 은공을 사례는 못할망정 따지고 드는 게 이기 말이나 되는 겁니까?"

"이게 뭐 삼촌 머릿속에서 나온 생각은 아닐 테고 베갯머리송사라고 마누라가 부추기니까 착해 빠진 우리 삼촌이 그래도 되는 것인가 한 거겠죠. 그렇지요? 삼촌."

이건 뭐, 사과는커녕 영희까지 집어 삼킬 기세다.

"미안해요. 내 생각이 짧았어요. 돌아들 가세요. 내일 일찍 일 나갈게요."

걸음걸이가 아버지를 닮아서 맞아야 한다니, 엄마를 닮은 두 눈 때문에 때려야 했다니……. 철수는 너무 억울하고 어이가 없어 할 수만 있다면 형들 보는 앞에서 가슴을 치고 확 죽어 버렸으면 좋겠다고 생각했다.

　철수는 애써 형들을 이해해 보려고 했다. 형들은 그렇게 죽어 버린 아버지의 죽음을 받아들이기 쉽지 않았을 것이라고. 당혹스럽고 고통스러웠을 것이며 잊고 싶었을 것이다. 아버지는 죽어 떠났는데 아버지의 걸음걸이를 흉내 내 아버지를 보는 듯한 착각을 불러일으키는 동생이 미웠을 것이다. 너만 아니면 잊을 수 있는데, 너만 아니면 잊고 살 수 있을 것 같은데, 형들의 폭력이 거기서부터 시작된 건 아니었을까. 잊고 싶은 걸 생각나게 하는 건 고문이다. 그 고문에서 벗어나고자 폭력을 시작했던 건 아닐까. 그리고 폭력이 이어지면서 형들은 잊은 게 아닐까. 이 고통의 시작이 아버지였다는 걸.
　철수 역시 아버지의 죽음이 당혹스럽고 고통스러웠다. 그러나 형들은 철수도 아버지를 잃은 아들이라는 것을 인정하지 않았다. 그래 놓고 죽은 아버지 때문에 원통한 것인지, 철수가 살아 있어서 원통한 것인지 분간조차 하려 하지 않았다. 분간하려는 노력 대신 자신들의 눈을 믿기로 작정한 형들은, 눈에 안 보이는 아버지에게는 할 수 없는 것들을 눈에 보이는 철수에게는 할 수가 있다는 걸 깨달았다. 때리는 것도 겁주는 것도 심지어 죽이는 것도 철수에게는 가능하다. 살아 있는 철수에게는 뭐든 할 수 있다. 그것을 알게 된 형들은 철수라는 힘없는 동생을 분노의 틀 안에 감금해 놓고 자신들의 고통과 절망의 모든 책임과 이유를 전가시키고자 했다. 그렇게 함으로써 자신들은 자유로워질 수 있다고 믿는 모양이었다.

"열다섯 살, 모쟁이하던 큰형은 그때 다 봤대. 농약을 마신 아버지가 간질하는 것처럼 쓰러져 뒤틀리는 사지를 버르적거리며 입에서 게거품을 토해내는 걸. 그렇게 죽을 줄 몰랐대. 뒷집 용구 아버지가 들쳐 업고 약방으로 갔으니 살아 돌아오려니 했대. 무슨 일이 있어도 오늘 모내기 끝내야 한다는 엄마 말이 생각나, 모단을 집어 더 멀리 멀리 집어던졌대. 아버지에 용구 아버지까지 빠졌으니 오늘 모내기 끝내려면 힘들겠다. 그러면서."

형들은 철수가 아버지를 잃은 아이라는 걸 잊었는데, 철수는 형들이 아버지를 잃었다는 걸 기억했다. 연민이었다.

"아버지가 날 꼭 데리고 다녔거든. 내 손에 소고삐를 쥐어주고 '그놈 참. 그놈 참.' 하면서 대견해했었지. 아버지가 죽어서 아버지를 부르며 우는데 큰형이 달려들어 두들겨 팼어. '운다고 뒈진 아버지가 살아 돌아 오냐? 앞으로 누구든지 내 앞에서 아버지를 부르며 우는 놈은 내 손으로 죽여 버리겠어.' 그러면서. 아버지가 죽어 버린 자식은 울 수도 없다는 걸 아버지가 죽고 나자 바로 알게 된 거지."

가만히 철수의 이야기를 듣던 영희가 물었다.

"족제비 잡는 거 말고 형네 집 일 돕는 거 말고 뭘 하고 싶어?"

"떡방앗간."

"떡방앗간? 왜?"

"그냥."

영희가 철수를 앞세워 성자네를 찾아 성자 남편과 마주 앉았다.

"떡방앗간 하나 차려주세요."

"하필이면 왜 떡방앗간인데요? 어디다 차려요."

"이 사람 사는 거기다가. 이 사람이 떡방앗간하고 싶대요."

"서울로 오시죠. 서울에서라면 더 잘 도울 수 있는데."

"지금 거기다가요."

"왜요?"

"거기서 보여주고 싶어요. 형들이 생각하는 것만큼 형편없는 놈 아니란 거. 그래서 형들이 사과하게 할 거예요. 내가 널 잘 몰랐어, 미안해. 사과받고 싶어요."

"그렇군요. 담보는요?"

"내 배 속에 든 아이로 담보할게요."

성자가 끼어들었다.

"그 아이는 이미 민석 씨 자식으로 담보 설정돼 있어. 부실채권 만들지 않으려면 추가담보 설정해야 해."

"다른 담보 없는데."

"너로 하자. 나는 무엇보다 너를 빼오고 싶거든. 철수 씨, 어떡할래요? 떡방앗간 차리는 거 도와줄 테니 영희랑 영희 배 속 아이 담보로 걸래요?"

영희가 철수의 옆구리를 찔러 신호를 주자 어리둥절한 얼굴의 철수가 고개를 끄덕였다.

"계약서 작성은 끝났고요. 이자 지급 날짜 원금 상환일을 두 번 이상 어기시면 그 즉시 담보물건 압수 들어갑니다."

이것이 영희 떡방앗간 탄생 비하인드 스토리였다.

8 / 철수, 엄마를 소환하다

이제와 생각해 보면, 연민이라고 했지만 결국 은 사랑이었다. 흐르고 흘러 최에게 이르기까지 그 모든 일련의 일들 은…… 애증이라는 이름의 또 다른 사랑이었다.

철수가 방앗간을 열고 자리를 잡아가자 친구들이 몰려들기 시작했 다. 기껏해야 이 새끼이거나 미친 자식이었던 철수의 호칭이 '이 사 장'으로 바뀌고, 사방에서 가입 섭외가 들어왔다.

"야! 야! 반가워. 이 사장. 사업 잘되지? 얼마나 좋냐? 이렇게 만나 니 얼마나 좋아? 일만 하지 말고 자주자주 얼굴 좀 보고 살자."

철수를 찾는 사람들이, 철수를 부르는 곳이 많아졌다. 자율방범대 원 창립회원, 의용소방대원 창립회원, 라이온스클럽 회원 가입, 동창 회 출석, 새마을지도자, 각종 동네모임, 친목회까지. 철수가 튀어 오 르기 시작했다. 마치 바람을 너무 넣은 축구공처럼 통통 튀며 멈출 줄 모르고 여기저기로 불려 다녔다.

"모임도 좋지만 일을 해야지."

"모르는 소리 좀 하지 마. 사업을 하려면 여기저기 눈도장을 찍어 놔야지. 차려만 놓는다고 손님이 오냐? 틀어박혀 일만 한다고 돈이 벌려?"

"돈 벌자고 빚내서 방앗간 차렸는데 당신 술값 대다가 바닥나겠어. 이러다가 성자 빚은 언제 갚아?"

"이 사람아, 당신은 직장 생활만 해서 사업을 잘 몰라. 사업이라는 건 일만 열심히 한다고 되는 게 아냐. 사람을 알아놔야지, 사람을."

"사람을 사귀지 말라는 게 아니라 술값이 너무 들어요, 당신 몸도 축나고요."

"야! 걱정 마. 소금도 먹은 놈이 물을 켠다고, 제 놈들이 내 술 얻어먹고 딴 데 갈 수 있냐? 엄마는 동네마다 의형제, 의남매가 있었고 친목계가 있었어."

엄마. 어느 순간 철수의 입을 통해 엄마가 소환되었다. 살빛이 희고 얼굴 가득 고운 도화색이 도는, 자식이 다섯이나 딸린 젊은 과부였던 철수의 엄마가 돌아왔다.

남편을 여읜 젊은 과부는 잡다한 생필품 보따리를 머리에 이고 거리로 나서 이 마을 저 마을을 기웃거리기 시작했다. 그녀의 보따리 속엔 없는 게 없었다. 월남치마, 몸뻬, 국방색작업복, 각종색조 화장품, 미제 화장품, 술 약, 빵 약으로 불리는 이스트, 녹각을 비롯한 각종 영양제들. 물건보따리를 머리에 인 젊은 과부가 분 냄새를 풍기며

마을로 들어설 때면 남정네들이 먼저 코를 벌름거리며 모여들었다.

"시상이 험헌디 이렇게 젊고 약한 색시가……. 우리 의남매를 맺는 건 어떨까? 오래비 얼굴 봐서라도 이 동네서는 동상한테 허튼짓할 놈 없을 것이여."

남정네들이 한바탕 시시덕거리기를 벌였다가 사라지고 나면 그럴 줄 알았다는 듯 아낙들이 모여들었다.

"그것이사 그렇기는 하제. 멀쩡헌 오래비에 올케가 딱 버티고 있는 디 언감생심 뭔 경을 칠라고."

가는 곳마다 오라비와 올케를 하겠다고 나서는 사람들의 성화 통에 젊은 과부 철수 엄마는 보따리를 이고 나서자마자 국민 여동생, 국민 시누이로 등극하여 존재감을 드러내기 시작했다. 그렇게 한 동네 두 동네, 철수 엄마는 오래지 않아 행상을 가는 모든 동네에 베이스캠프를 설치하게 되었다.

"아이구 오라버니! 요것은 양놈덜 나라서 물 건너온 담밴디 워낙이 구하기가 하늘에 별따기여유. 딱 하나 있는디 오라버니 줄 것이라 안 주먼 안 된다고 사정사정 혀 갖고 **빼왔당게요. 피다 틀키믄 감옥 간다닝게요. 그만큼 귀헌 물건인 줄이나 아셔유. 요것은 양산이여유. 이쁜 우리 성 심사 틀린 봄볕에 타서 깜둥이 돼불믄 안됭게유. 비 맞으면 상형게 볕 사나운 날만 쓰시는 거 잊지 마시구유. 아이고 고운 우리 성 이 양산 쓰고 나가믄 고샅이 다 훤허것구먼유."

"워메. 엽엽하기도 하제. 저 맘 쓰는 것 좀 보소. 안 그래도 고운 사람이 말은 또 어째 저리 이쁘게 할꼬? 나가 이런 걸 꼭 바라고 챙겼간

디. 동기간 같고 동기간 중에서도 꼭 내 막내 동상 같고 그래서 맘이 가는 대로 지절로 가게 두는 거뿐인디."

철수 엄마에게는 요렇듯 사람 마음을 뒤집어엎는 재주가 있었다고 했다.

"이쁘지, 젊지, 사람 알아보지, 언변 좋지, 보따리 안에 없는 물건이 없지, 누군들 안 넘어가고 배기겠냐고."

어느 동네를 가건 든든한 오라버니와 올케라는 베이스캠프를 둔 덕에 철수 엄마는 보따리를 이고 외진 마을 가가호호를 찾아다니지 않아도 되었다. 물건을 이고 지고 사달라고 사정을 하는 대신 베이스캠프에 물건을 펼쳐 놓고 신식 춤을 가르치거나 장구장단을 쳐주었다.

"도시 것들은 내외간이 이라고 손을 잡고, 이라고 돔서 춤덜얼 춘다 이 말이여?"

"나도 잘은 모르지라. 물건 들고 이 집 저 집 드나들다가 어깨 너머로 보고 흉내 내는 것뿐인께."

"어깨 너머로 배운 것이 그 정도믄 지대로 배우면 춤 선생 허겄네."

"춤 선생이 별건 감요. 갈치는 사람이 선생인 것 아녀?"

"그려. 그리어. 그라고 보니 동상이 우덜 춤 선생이고만. 아따 이 사람덜 내 동생이 장사 작파허고 자네덜 춤 갈치고 있넌디, 오는 정 가는 정이라고 자네덜도 뭔 성의를 좀 보여야 안 허겄나? 어여들 와서 골라들 봐."

"그러믄요. 고걸 몰르먼 짐승보다 나을 게 없는 거 아녀유."

철수 엄마를 찾은 이들은 저마다 필요한 물건들을 챙겼고 물건 값을 대신할 뭔가를 들고 나왔다. 쌀, 보리쌀, 콩, 팥, 좁쌀, 고추, 고춧가루, 머리카락, 놋그릇……. 그렇게 걷어 들인 물건들이 모이면 아들들이 지게로 져 날라 집안 창고에 쌓았다. 언젠가부터 엄마의 물건이 쌓이기를 기다려 싣고 가는 장사꾼까지 생겼다. 베이스캠프를 정해 놓고 순회공연을 하듯 운영되는 엄마의 행상은 큰 성공을 거두었다. 다섯 자식을 먹이고 입혔으며 스물일곱 마지기의 문전옥답을 사들이는 쾌거를 이뤄냈다. 자식들이 원하기만 한다면 공부도 얼마든지 시킬 수 있을 정도로, 그녀는 그렇게 돈을 벌었다. 문제는 그러자니 집에 들어올 틈이 없었다. 그래서 철수네 집엔 철수 엄마가 없는 날이 많았다. 보름, 한 달, 한 달 보름……. 그래, 아무리 좋은 엄마라도 모든 걸 완벽하게 다 잘하기는 어려운 법이었다. 그리고 다른 부작용도 있었다.

"큰형이 처음 술을 마셨던 날을 기억해. 엄마의 전화를 받고 보건소를 다녀온 날이었어. 복도에 앉아 낙태수술을 받으러 들어간 엄마를 기다렸대. 형들 둘이서 하는 얘기를 숨어서 들었어. 기다리면서 제발 엄마가 죽지 않게 해달라고 빌고 또 빌었대. 수술을 끝내고 간이침대에 실려 나온 엄마 옆에 쭈그리고 앉아 아무 일 없이 깨어나기를 빌면서 기다렸대. 깨어난 엄마가 집이 아닌 다른 곳으로 가기 위해 버스를 타는 뒷모습을 멍하니 지켜봐야만 했다더군. 엄마가 탄 버스가 떠나고 한참이나 지나서야 눈물이 나더라고 했어. 형은 교복을 입고 있었고 열여덟 살이었어. 엄마는 너무 젊었고, 너무 예뻤고, 너무 희고 눈이 부셔서 쫓아가 잡을 수가 없었다고 했어. 그날 술에 취해 돌아온 형은 핏발 선 눈으로 나를 잡았지. 아마 죽이기로 작정을 했었던 것 같아. 들여다보러 왔던 육촌 형이 말리지 않았다면 나는 그날 죽었을 거야. 엄마는 여전히 젊고 예뻤고 형은 더 혈기왕성해졌으며 나는 더 많이 더 모진 매를 맞아야만 했지.”

철수의 진술만으론 엄마의 낙태수술이 그 한번이었는지 또는 연속적이었는지, 엄마 배 속 생명체가 오라버니 중 한 명의 아이였는지 다른 제삼의 인물의 아이였는지, 강제로 당한 사고였는지 아니면 엄마의 애정행각의 결과물이었는지 알 수는 없다. 영희는 이야기를 들으며 그저 생각했다. 철수의 엄마는 왜 그 자리에 아들을 불렀을까? ‘이게 다 네 아비가 나를 두고 죽어 버린 탓이다.’ 이렇게 말하고 싶었던 걸까? ‘사는 건 이런 것이다. 너희들이 먹고 입는 그 무엇 하나 저절로 되는 건 없다.’ 가르치고 싶었던 걸까? 자식들이 낙태수술을 받다가 죽어 버린 어미의 죽음을 모른 채 한없이 기다릴까 봐 그게 무서웠던 것일까? 그것도 아니면 너희들과 다른 자식이 내 안에 있다. 그러나 나는 너희들을 지키기 위해 새로 생긴 내 자식을 버린다. 보여주고 싶었던 것일까?

철수 엄마는 참으로, 왜 어린 자식을 불러 자신의 낙태수술을 지켜보게 했을까? 아마 그 이유를 온전히 아는 이는 오직 그녀, 철수 엄마뿐이었을 것이다. 영희는 그렇게 생각했다.

철수엄마를 기억하는 모든 사람들은 말한다.

'살빛이 희고 태가 곱고 가무에 능했으며 언변이 좋은 사람이었다.' 또는 '장사수완이 대단했으며 작은 틈새도 놓치지 않는 치밀한 사람이었다.'고.

'허구한 날 두들겨 맞아서 어리보기가 되지 않았더라면 다섯 중 철수가 엄마를 가장 많이 닮았다.'라고도 했다.

그 말들은 철수도 그녀의 자식이니 기다려 보라는 말이었다. 철수도 그 엄마 아들인데 그 피가 어디로 가겠냐는 것이었다. 하지만 영희가 볼 때, 철수는 그의 엄마와는 다른 사람이었다. 철수 엄마가 사람의 마음을 휘저어 물건을 파는 사람이었다면, 철수는 사람에게 마음을 휘저음 당해 자신을 퍼 흘리는 사람이었다. 그랬다. 철수는 제 엄마를 소환하며 사람들과 어울려 다녔지만, 돈을 벌었던 엄마와는 달리 가입된 모든 모임에 불려 다니며 술을 샀다. 사고, 사고, 사고, 또 샀다. 굳이 독박을 쓸 필요가 없는 회비가 있는 모임의 술값까지도 내고, 내고, 또 냈다. 당연하게도 처음엔 모두들 고마워했다.

"아휴! 세상 오래 살고 볼 일이야. 이 사장이 사는 술을 다 먹게 되다니."

치하도 하고 대견해하기도 하고 잘 됐다 더 열심히 살아라 격려들도 했다. 그리고 시간이 흘렀다. 치하하기도 지치고 대견해하기에도 물린 사람들은 철수가 사는 술을 마시며 자기들끼리 자기들의 관심사를 논했다. 실컷 마시고 떠들고 놀다가 철수가 눈에 띄면 추임새처럼 한마디 하는 것도 잊지 않았다.

"오! 이 사장, 담에 한 번 따로 보기로 해."

하지만 그들이 철수를 따로 찾는 일은 많지 않았다. 첫 번째 이유는 철수를 따로 만나 할 말이 없다는 것이었다. 아무리 술을 좋아하는 사람이라도 만나서 술 얘기만 할 수는 없다. 그런데 철수는 술 말고는 할 줄 아는 얘기가 없었다. 철수는 주목받고 싶어서 자기가 알고 있는 술 얘기를 총동원해 보지만, 마주 앉은 상대는 오 분이 지나면 지루해지기 시작했다. 같이 앉아 있어도 대화에 낄 수도 없고 자리를 박차고 나올 용기도 없는 철수는 혼자 마시고 혼자 취했다. 취한 철수 곁에 남아 성가신 일에 휘말리기 싫은 친구들은 서둘러 자리를 떴다. 자리를 뜨면서 꼭 한마디씩 했다.

"이 사장! 내가 일이 있어서 말이야. 적당히 마셔."

"이 사장! 또 보기로 해. 오늘은 먼저 가."

맥주집이나 음식점에서 전화가 자주 왔다.

"신랑이 취한 것 같은데, 우리도 장사해야지."

전화를 받고 그 장소에 가보면 최가 있었다. 이상하게 고분고분해진 철수를 앞세운 최가 영희를 기다리고 있었다.

철수가 동창회에 나갔던 날이었다. 한 사람에게서 전화가 왔었다.

"좀 와 주셨으면 싶은데요."

무슨 일이 있구나 싶은 생각에 영희는 두말없이 그러겠다고 했다. 그녀가 전화를 끊으려는데 다급한 목소리가 들려왔다.

"잠깐, 잠깐만요. 오실 때 갈아입을 윗도리 하나 챙겨오셨으면 좋겠는데요."

'확실히 무슨 일이 생겼구나.'

영희는 서둘러 옷을 챙겨 설명 들은 장소로 달려갔다. 저만치 식당 앞에 많은 수의 사람들이 서성이고 있었고 그 앞쪽에 작은 키의 오동통한 철수가 고개를 수그리고 서 있었다.

'왜 저러고 서 있대?'

영희가 눈을 조금 돌리자 키가 훌쩍 크고 허우대가 굵은 남자가 남편을 마주 보고 서서 연신 손가락질을 하며 소리를 질러대고 있었다.

'뭐야? 저거, 흡사 선생님이 학생을 붙잡아 혼내는 모양새네. 무슨 큰 잘못을 저질렀기에 동창회에 나와서 저 꼴을 당하나?'

영희가 달음박질을 치는데 가까이 다가가자 상대의 얼굴이 보이고 목소리가 들렸다.

"야! 내가 너랑 놀아주니까 니 친구로 보이냐? 내가 니 친구로 보여?"

가슴이 철커덕 내려앉는 것 같았다.

내가 니 친구로 보이냐니? 친구가 아니면 뭔데? 주변을 둘러보니 서성이는 친구들 전부 고개를 돌린 채 못 들은 척하고 있었다. 드잡이라도 당했는지 아침에 차려입고 나온 철수의 양복저고리 소매가 찢어져 있었다.

"철수가 술을 좀 많이 마셨어요."

전화를 걸었던 사람인 듯싶은 남자가 영희의 곁에 다가와 말했다.

'너희들이 노는데 친구도 아닌 철수가 끼어들어 혼자 술 처먹고 혼자 뒹굴다가 혼자 저 꼬락서니가 됐다는 거구나. 철수가 저 혼자 저

지경이 될 때까지 너희 모두는 그냥 외면하거나 구경만 하고 있었다
는 거구나.'

영희는 얼굴이 화끈거리고 분이 복받쳤다. 이 인간 같지도 않은 것
들. 니들이 잘 났으면 얼마나 잘 났는데! 하며 손톱을 추켜세우고 달
려들려 하는 순간, 한 남자의 목소리가 들려왔다.

"형!"

높낮이 없이 조용한 목소리, 최였다.

9 / 태교

영희는 매일 아침 배 속의 아이와 자신을 향해 주문을 걸었다.

'너 자신 외에 아무도 믿지 마. 세상은 네가 생각하는 것처럼 안전하지가 않아. 네 아빠는 좋은 본을 보일 수 없을지도 몰라. 심지어는 너를 지켜내는 것조차 힘들어할지도 몰라. 나 역시 완벽한 네 편이 되어줄 수 없을 수도 있어. 그러니 너는 강해져야 해. 튼튼해야 해. 믿고 의지할 사람이 없으니 너 스스로 강하고 튼튼해야만 해.'

동창회에서 본 동창생들의 말과 태도는 철수에게 큰 충격을 주었다. 축구공처럼 통통 튀어오르던 발랄함은 어느새 사라져 버리고, 집 달팽이처럼 느릿느릿 기어서 형들에게 당한 매질과 학대의 그늘 속으로 숨어들고 있었다.

"자율방범 안 나가? 당번이라며?"

"안 나가."

"왜?"

"피곤해."

자율방범대에도 나가지 않았다.

"의용소방대 모임 있는 날 아냐?"

"안 가."

"왜?"

"귀찮아."

의용소방대에도 나가지 않았다.

"라이온스클럽……."

"시끄러. 안 가."

"왜?"

"안 간다고."

라이온스클럽에도 나가지 않았다.

"동창……. 알았어."

동창회에도 당연히 나가지 않았다. 이제는 영희가 알아서 모임에
연락을 해줄 정도로 철수는 그렇게 다시 그늘로 숨어들고 있었다.

"친목회. 몸이 아파서 못 나갈 것 같다고 했어."

그렇게 좋아했었는데 끼고 싶어 했는데, 놀아본 적이 없는 철수는
놀 줄을 몰랐다. 배려받아 본 적이 없는 철수는 배려할 줄 몰랐으며,
자신의 의견을 끝까지 말해 본 적이 없는 철수는 남의 말을 끝까지
들을 줄 몰랐다. 그리고 그에게 다가왔던 사람들은 그런 철수를 감당
하기 힘들어했다. 사회성이 훈련되지 않은 사회인 철수는 분명 엄마

의 아들이었지만 엄마와는 전혀 다른 사람이었다.

아내가 임신을 하고 방앗간을 차려 자립의 길을 열면서, 술에 취하면 좀비처럼 살아나던 철수의 폭력은 사라지는 듯 보였다. 그 사이 시간이 흘렀고 철수는 친구들과의 만남에서 마음의 상처를 입었다. 그들이 형들처럼 몽둥이를 휘두르진 않았지만 철수가 그들에게서 입은 상처는 깊고 컸다. 시간이 흐를수록 영희의 배는 점점 더 불러오고 해산달이 다가오는데 친구들과 어울리는 일에 실패한 철수에게서는 숨어서 훌쩍거리던 예전의 음주습관이 되살아났다. 아무도 눈치채지 못하는 사이 은밀하게 취한 철수의 눈이 먹잇감을 발견한 짐승의 그것처럼 번득이는 빛을 발했다. 영희는 그 눈빛 안에 갇혀 떨고 있었다. 아무도 모르게 다가오는 위협, 아무도 모르게 가해지는 폭력, 그리고 저항할 힘이 없는 피해자, 또 그 안의 보호받지 못하면 사라지고 말 생명. 영희는 자신이 그 어느 때보다 큰 위험에 노출되어 있다는 위기감에 몸을 떨었다.

"야! 내가 너랑 놀아주니까 네 친구로 보이냐?"

철수가 영희를 향해 물었다. 영희는 자신도 모르게 두 손으로 아랫배를 감쌌다.

"왜? 말이 말 같지 않냐? 너랑 살아주니까 니 마누라로 보이냐 묻고 싶냐?"

철수가 술을 마셨는지 안 마셨는지, 마셨다면 얼마나 마셨는지는 중요하지 않았다. 당장 영희에게 중요한 건 자신의 배 속에 자신을 믿고 들어앉은 생명이 있다는 것이었다. 그 생명이 겁에 질려 콩닥거리고 있었다. 술에 취한 철수가 전처럼 발길질을 하고 그 발길에 아랫배를 가격당하기라도 한다면, 배 속의 생명을 지켜낼 방법이 없다는 사실이었다.

"너, 나 같은 놈 마누라하기 창피하지? 친구하기도 창피하다는데 마누라하긴 더 창피할 거 아냐? 안 그래?"

무슨 말을 해도 괜찮다. 그 어떤 독한 말도 다 괜찮다. 말로 아이를 죽이진 못하니까. 말이 아이를 찢어발기진 못할 테니까. 방앗간 손님은 끊겼고, 저문 거리의 인적도 뜸하다. 지나가는 누군가의 도움을 청하려 해도 입구까지의 거리가 해산을 앞둔 임산부가 달려 도망을 치기엔 너무나 멀다.

"야! 대답해. 대답해 보라고. 창피해? 창피하냐고?"

창피하다고 해도, 창피하지 않다고 해도 남편은 멈추지 않을 기세였다. 어떤 답변도 남편 철수의 분노를 잠재우진 못한다. 배 속의 생명과 자신을 지키는 오직 하나의 길은 이곳을 벗어나는 것뿐이다. 그런데 벗어날 길은 없다. 가능성도 보이지 않는다.

'아가! 미안해.'

영희는 아랫배를 감싼 두 손에 힘을 주며 눈을 감았다. 그래, 성자가 옳았다. 철수는 노예다. 평온도 평화도 다스릴 힘이 없는 노예다. 형들의 폭력만이 폭력이겠는가. 언제 어떤 형태로 들이닥칠지 알 수 없는 모든 폭력의 노예다.

철수의 눈 속에서 아버지를 본 것은 착시였다. 맞다. 성자가 옳았다. 여기 남아 철수를 탈출시키겠다는 건 오만이었다. 노예의 무서움을 과소평가한 영희 자신의 교만이었다.

영희는 눈을 감고 기다렸다. 그리고 기다리면서 생각했다. 이 순간이 지나 이곳을 벗어날 수 있다면, 이곳을 벗어나 다시 한 번 선택의 기회가 주어진다면, 두 번 다시는 돌아오지 않으리라 마음을 다졌다. 그러나 그런 일은 일어나지 않을 것이다. 그럼에도 영희는 조용히 눈을 감고 수를 세기 시작했다. 나름의 각오를 다지며 하나, 둘, 셋에 맞추어 배 속의 아기를 위한 발버둥을 치기 위해서. 하나에 일어서고 둘에 걸음을 옮겨 셋에 주먹을 쥔다. 그리고 넷에……

똑! 똑! 똑!

조용히 들려온 노크소리에 영희는 실눈을 뜨고 출입문 쪽을 바라보았다. 지금 손님이 찾아온 게 맞다면, 철수가 그 손님을 응대하러 나간다면 나는 일어나 이곳을 벗어날 수 있지 않을까 생각했다. 그 순간 그 바람이 이뤄지기라도 하듯 철수가 자리에서 일어나 출입문 쪽을 향해 걸어 나가고 있었다.

"누구세요?"

철수의 물음에 답하는 조심스런 목소리가 들렸다.

"형!"

최였다.

"형! 지나다가 불이 켜져 있기에."

10 / 웃지 않는 아이

　　　　　　최의 등장으로 영희는 위기를 벗어났지만 다시 돌아가지 않겠다던 마음속 다짐을 지키지는 못했다. 크게 놀란 탓인지 출산일이 열흘이나 앞당겨져 그날 밤 아이가 태어나 버렸기 때문이었다. 딸이었다. 철수를 닮은 크고 동그란 눈에 영희를 닮은 야무진 입매를 가진 아이였다. 철수와 영희는 아이의 이름을 '진아'라 지어주었다.

　모든 게 정상적인 아이였다. 손가락 발가락 수도 정상이었고, 먹을 때가 되면 먹고 잘 때가 되면 잤으며 쌀 때가 되면 쌌다. 똥 색깔은 황금색이었고, 사람이 다가가면 소리 나는 쪽으로 고개를 돌렸고, 눈앞의 움직임을 따라 눈동자를 움직이는 것까지도 정상이었다. 울음소리도 우렁찼다. 모든 것이 정상인 아이가 가진 비정상적인 특징은 딱 하나였다. 그것은 바로 아이가 도통 웃지를 않는다는 것이었다. 웃지 않는 아이. 그것은 아무도 눈치 채지 못한, 엄마 영희만 아는 비밀이었다.

아이가 태어나 아장아장 걸을 때까지, 옹알이를 끝내고 말문이 트이기 시작할 때까지, 사람들은 아이가 웃지 않는다는 걸 아무도 눈치채지 못했다. 태어난 아이가 웃지를 않는데도 세상은 여전히 꽃을 피우고 비를 내리고 햇볕을 쏟아냈다. 그렇게 시간이 흘러 어느 날, 밥을 먹던 철수가 무엇에 마음이 상했는지 접시를 들어 내던졌다. 접시는 바닥으로 내던져지면서 '딱' 소리와 함께 깨져 버렸고 접시에 담겼던 두부조림은 사방으로 튀어 흩어졌다. 아이가 뒤뚱뒤뚱 걸어가 깨진 접시조각들을 집어 들며 울기 시작했다.

"하지 마. 손 다쳐."

영희가 소리를 지르며 다가갔고, 철수는 예상치 않았던 반응에 커다란 눈을 껌뻑거리며 아이를 지켜보고 있었다. 아이는 작은 손가락으로 깨어진 접시조각을 한곳에 모으고 있었다. 다가간 영희가 아이의 손을 막았다.

"안 돼. 무슨 짓이야? 다쳐."

아이가 대답했다.

"접시가 다쳤잖아."

"뭐?"

"아빠 때문에 접시가 다쳤잖아."

깨진 접시조각을 손에 든 아이가 큰소리로 울부짖었다.

"진아야! 접시가 깨져서 속상해?"

"아빠 때문에 다쳤잖아. 접시가 다쳤잖아."

깨진 접시조각을 빼앗자니 아이 손을 다치게 할 것 같고, 두고 보자니 아이의 울음이 심상치가 않았다.

"진아야. 엄마가 접시 더 예쁜 걸로 사줄게."

"다쳤잖아. 다쳤잖아. 접시가 다쳤잖아. 아빠 때문에 다쳤잖아."

울음을 멈추지 않는 진아를 지켜보던 철수가 다가가 물었다.

"어떻게 해주면 돼?"

"접시 호 해줘."

"접시를 호 해?"

"접시가 다쳤잖아. 다쳤잖아. 아빠가 다치게 했잖아."

결국 철수가 스카치테이프로 깨진 접시조각을 모아 붙였다. 하나 하나 모아 붙였다. 그렇게 스카치테이프로 붙인 접시를 내밀자 접시를 받아든 진아가 웃었다. 처음으로 꺄르륵.

"어! 웃었네. 우리 진아가 웃었어. 진아가 웃었어."

영희가 반색을 했다.

"웃는 게 뭐 어때서 호들갑이야? 진아 웃는 거 첨 봐?"

"첨이야. 우리 진아 웃는 거 첨이란 말이야."

그날 이후, 진아는 철수가 뭔가를 내던지고 깨부술 때마다 울었다. 화분을 던지면 화분이 아플 것이라고 울었고 꽃이 슬플 것이라고 울었다. 상을 엎으면 상도 아프고 그릇도 아프고 반찬이랑 밥이랑 국이랑 슬플 것이라며 울었다. 그것들은 안 아프다고, 그것들은 슬픈 게 뭔지 모른다고 철수가 소리치자 진아가 철수에게 물었다.

"아빠는 맞아도 안 아파?"

철수가 머뭇머뭇 대답을 못하자 진아가 다시 물었다.

"안 아파? 안 아파?"

"맞으면 아프지."

"그런데 왜 때려? 꽃도 아프고 접시도 아프고 엄마도 아프고 진아도 아프게 왜 때려?"

"넌 안 때렸잖아? 넌 안 때렸는데 왜 아파?"

"안 맞아도 아파. 아빠 때문에 아파."

'태교가 잘못됐나.'

영희는 속으로 남몰래 생각했다. 강하고 튼튼하라고 주문을 걸었는데 툭하면 울어대는 울보라니. 어쨌든 영희의 딸은 그렇게 태어나 울며불며 자랐다. 손에 잡히는 건 뭐든 부수고 던지는 아빠를 쫓아다니며 "아파, 때리지 마!" "아빠, 때리지 마!"를 외치며 자랐다.

진아가 열 살이 되자 태교의 힘이 발휘되었다. 아이는 더 이상 울지 않았다. 울음을 그친 아이는 손에 검을 잡았다.

"고착화된 악습은 저항한다고 고쳐지는 게 아니래. 깨부수는 거래."

"누가?"

"송이언니가."

"쬐꼬만 게 뭘 안다고 별소리를 다해. 그 애 이상하네."

"안 이상해."

"송이 말이 옳다고 해도 그래. 그걸 왜 니가 해? 니가 왜 어른인 엄마를 지키겠다고 난리야?"

"소중한 걸 지키는 건 어른이 아니래. 어른이 아니라 힘 있는 사람이 지키는 거래. 그래서 힘을 길러야 한대. 소중한 것을 지키기 위해서. 언니랑 나는 장래희망도 이미 정했어."

"뭐로?"

"나는 검사. 언니는 검도 국제 심판."

"그니까 너는 칼 들고 싸우는 검사하고 송이는 심판한다고?"

"칼을 무기로 쓰는 검사가 아니라 잡도리하고 단속하는 검사가 되래. 엉터리 어른들한테는 칼보다 단속이 필요하대."

"송이가? 근데 저는 왜 심판이래?"

"언니는 검이 좋대. 그런데 칼 들고 싸우는 건 너무 힘들대. 그래서 검 들고 싸우는 사람들이 제대로 법을 지키는지 가려내는 일을 할 거래."

"성자야. 너 어떡할 거야? 니 딸이 내 딸 망치고 있어. 헛바람만 잔뜩 들어서."

영희의 말에 성자는 모르는 소리 말라는 투로 답했다.

"안 망쳐. 그리고 그거 내 딸 탓 아냐. 너나 나나 태교를 너무 세게 한 거야. 그래서 쎈 년들이 튀어나온 거야. 이기려고 하지 마. 그년들 안 꺾여."

성자의 말은 옳았다. 진아는 꺾임 없이 무언가를 아프게 하는 아빠를 향해, 아빠를 아프게 하는 누군가를 향해 외쳤다.

"안 돼. 아빠, 엄마 아프게 하지 마."

"멈추세요. 우리 아빠 아프게 하지 마세요."

영희 역시 철수에게 말했다.

"당신 내 딸 더는 울게 하지 마. 지금 당장 멈추지 않으면 나, 당신 용서하지 않을 거야."

유난히 폭력에 민감한 진아로 인해 철수는 폭력을 멈췄다. 철수의 형들 역시 폭력을 멈추었다. 영희는 물론 그들이 검을 들고 막아서는 진아가 무서워 폭력을 멈췄다고 생각하진 않았다. 철수는 철수대로, 또 철수의 형들은 형들대로 자신들을 성가시게 하지 않을뿐더러 저 알아 사는 동생을 일부러 찾아와 때리지는 않은 덕이었다. 그렇다. 폭력으로 얼룩진 그들의 삶에 마침내 휴식기가 찾아온 듯했다.

아버지의 원통한 죽음으로 움푹 패였던 상처는 자식이란 새살이 차올라 희미한 흉터자국이 되었고, 늘 부재중이었던 살빛 고운 엄마도 세상을 떠나 땅에 묻힌 후였으니, 엄마를 향한 불안도 시나브로 잦아든 때문이기도 했다.

폭력이 이렇게 사라지는구나. 다시는 폭력 때문에 아파할 사람은 없겠구나. 철수는 머잖아 형들의 사과를 받아낼 수 있겠구나. 기대도 했다. 미안하다. 아프게 때린 거 미안하다. 모자란 놈 취급한 거 정말 미안하다. 머잖아 사과받게 될 거라 생각하며 기다렸다.

2부

하늘이
마르고

1 / 마른하늘 아래서

성자는 전화기 너머로 들려오는 영희의 목소리
에 얼굴색부터 변했다.

"흙먼지가 난다. 하늘이 말랐어. 비가 한 방울도 들어 있질 않아."

"영희야."

"나, 말라 죽을 것 같아. 틀어지고 꼬이다가 말라 죽을 것 같단 말
이야."

영희의 심상찮은 말에 식겁해서 달려온 성자가 겁먹은 목소리로
물었다.

"넌 나 놀래키는 게 취미니? 난데없이 떡방앗간을 한다고 해서 사
람을 기절시키더니 다 늙어 웬 쌀국숫집이야?"

"성자야. 나 철수랑 더 이상 하루 종일 붙어 있다간 미쳐 버릴 것
같아. 그렇다고 다 늙어 이혼을 할 수도 없고 어떡하면 좋니?"

"철수랑 붙어 있는 게 힘들어서 쌀국숫집을 차리겠다는 게 말이 되
니? 차라리 그냥 방앗간 접고 놀면 안 돼? 요즘 아무것도 안 하는 게

버는 거라고들 하던데."

"누구랑 놀아? 그나마 일을 하는데도 숨이 막히는데 철수하고 종일 마주 보고 앉아서 뭐 하고 놀아?"

"그렇게 힘들어?"

"숨을 못 쉬겠어. 밖으로 나가는 것도 안 돼. 사람을 만나는 것도 안 돼. 다 안 된대. 그냥 방앗간에 갇혀서 일이나 하래. 나를 안 된다고 막을 거면 저라도 해야 할 것 아냐. 자율방범대원으로 등록해 놓고 활동 안 하지, 의용소방대원으로 등록해 놓고 활동 안 하지, 라이온스클럽 회원 가입해 놓고 참석 안 하지, 동창회 안 나가지, 새마을지도자로 임명받아 놓고 안 나가지, 동네모임에 안 나가지, 친목회 안 나가지, 다 안 한대. 전화 못 받는다, 주문 못 받는다, 배달도 싫다, 밥 못 찾아 먹는다, 옷 못 찾아 입는다, 양말 못 찾아 신는다, 네비게이션도 못 찍어, 문자도 못 찾아……. 자긴 못 하니까 나보고 다 알아서 하래. 알아서 하래 놓고 알아서 하려 하면 안 된다고 막아. 나 정말 미칠 것 같아."

성자는 줄줄이 속 얘기를 토해 내는 영희를 안쓰럽게 쳐다보았다.

"철수 씨 사회성이 그렇게 없으니 영업에도 지장이 많겠어."

"날마다 축소당하고 삭제당하고 잠식당하는 느낌. 넌 모를 거야."

"이젠 일 욕심을 좀 줄여 보면 어떨까?"

"욕심? 하루도 내 영역을 빼앗기지 않은 날이 없어."

"그렇다고 쌀국수는 오버지."

"어느 날 상가 앞의 주차장이 사라졌어. 주차장법이 시행되기 전

지어져 차선 하나를 주차장으로 쓰던 상가의 날개가 꺾인 거지. 주차장이 사라지니까 상권이 빠른 속도로 옮겨 가는 거야. 한때 우리 떡집은 이 지역 모든 인구가 드나드는 길목이었잖아. 이 지역 모든 인구가 떡집 앞을 지나 출근을 하고 떡집 앞을 지나 퇴근을 했었지. 아파트들이 들어서고 곳곳에 정류장들이 만들어졌어. 그러니 우리 떡집 앞을 지나지 않고도 이 지역 어디든 갈 수 있게 된 거지. 거기다 아파트 앞 상가마다 떡집들이 들어서기 시작했어. 눈앞에 떡집을 두고 구태여 멀리 우리 집까지 내려올 필요가 없게 된 거야. 떡집이 하나 생길 때마다 이탈하는 손님들도 늘어갔지. 손발이 잘려 나가는 느낌이었어. 평생 독점을 하겠다고 생각한 건 아니지만 철수의 안 해, 못 해, 안 돼가 아니었으면 상당 부분 지킬 수 있던 시장이었고 고객들이었어."

성자는 영희의 말을 끊지 않고 뒷말을 기다렸다.

"나오라고 할 때 나가만 줬어도, 걸려오는 전화 제대로 받기만 했어도……."

영희의 말은 그 뒤로도 줄줄이 이어졌다.

"그러는 와중에 농협에서는 떡, 기름, 고춧가루 가공공장 설립 계획을 발표하는 거야. 농협이 떡 공장, 기름 공장, 고춧가루 공장을 가동 운영하면 일자리가 창출되잖아? 사람들은 일자리라면 열광을 하고 환호를 하지. 그 여파로 사라지는 떡집들은 궁금해하지도, 생각하지도 않아. 지역농산물 전량매수라는 명분과 공약은 또 얼마나 매력적이니? 시대의 변화라는 명분을 등에 업고 거침없이 동네 골목상권을 향해 진격해 들어오는 거대기업으로 인해서 얼마나 많은 작고 아름다운 것들이 분해되고 사라지고 있는지 누가 고민하겠어. 내 떡집이 고사되고 나면 봉제공장 생산책임자라는 화려한 경력소지자인 나는 떡 공장의 관리자로 발탁 스카우트되나? 글쎄? 내가 입사를 희망해도 자동화 시스템이니, 나이가 있으시니 등의 이유로 기피하지 않을까? 운 좋아 잘하면 파트타임 노동자 정도겠지."

가만히 영희의 말을 듣던 성자가 알겠다는 듯 고개를 끄덕이며 한 소리를 던졌다.

"천하의 조영희가 겁에 질려 도망치고 싶어 하는 거구나."

"영역이 줄어들고, 손님이 줄어들고…… 내가 사막의 먼지가 되어 날아가 버리는 느낌이야."

"그렇다고 쌀국수는 너무 멀리 가는 거 아니냐? 쌀국수가 방파제가 되어 줄까? 진아 아빠는 그러래?"

"최랑 같이라면 해보래."

"최? 그 사람이 누군데? 주방장이야?"

"아니, 지역아동센터에서 애들 가르치는 강사야."

"왜 하필 지역아동센터 강사야?"

"몰라. 이상하게 고비 때마다 나타나는 사람인데 그 사람하고라면 뭐를 해도 된대. 그리고 예산이 깎여서 그 사람이 하던 수업이 없어졌다나 뭐라나. 지금은 놀고 있댔어."

"고비 때마다 나타나는 건 뭐고 그 사람하고라면 뭐를 해도 되는 건 또 뭐니? 암튼 진아아빠는 그 사람하고라면 뭐라도 괜찮다는 거고, 너는 진아아빠가 괜찮다고만 하면 누구라도 상관없다는 거야?"

"누가 아니? 그가 사막의 오아시스일지. 누구하고 뭔 짓이라도 하지 않으면 나 못 살아. 하루 종일 텔레비전 앞에만 앉아 있어. 쌀을 씻어 밥통에 넣고 그 밥이 끓다가 뜸이 들어 상에 오를 때까지도, 물건을 정리하고 청소기를 돌리고 걸레질을 끝낼 때까지도, 세탁기를 돌리고 건조대에 널고 그 빨래가 말라서 옷장에 넣을 때까지도, 가게에 나와 바닥을 쓸고 물걸레로 닦고 방앗간 기계를 다 닦고 일을 시작할 때까지도, 손가락 하나 까딱하지 않고 텔레비전만 바라보고 앉아 있어. 들어오나 나가나 텔레비전 앞에만 앉아 있다니까. 마치 박제처럼 말이야. 그것뿐이면 말을 안 해."

"김."

"없는데."

"김 값이 올랐냐? 비싸서 못 먹어?"

"알았어. 얼른 사 올게."

"됐어. 이제 가서 언제 사 와."

"점심 먹어. 김 사 왔어."

"라면 끓여줘."

"라면? 밥 펐는데?"

"라면이 먹고 싶다는데 무슨 잔소리가 그렇게 많아?"

"이거 말고 익은 김치."

"이 바지 말고."

"이거?"

"그거 말고."

"이거?"

"그거 버려. 찢어버리기 전에."

"골라 입어. 여기서 골라 입으라고."

"됐어. 아무거나 줘."

"양말. 이거 말고."

"왜?"

"목이 조여."

"이건?"

"흘러내려."

"이거는?"

"목이 짧아."

"그럼 이거는?"

"흰색은 안 신는다고 했잖아."

"그럼, 뭐?"

"어떻게 집구석에 맘에 드는 양말 한 켤레가 없냐? 됐어. 아무거나 줘."

"밥 줘."

"뷔페 집에 갔었잖아?"

"챙겨주는 사람도 없고, 숟가락도 안 보이고, 못 먹었어."

"안 먹어."

"왜?"

"먹기 싫다잖아. 에이."

"사사건건 시비에 끼니마다 잔소리야. 마른하늘에선 태양이 이글 거리고 가슴속에선 불이 나서 타오르고 있어. 마치 내 영혼이 먼지가 되어 날마다 조금씩 휘발당하는 것 같아."

징징거리는 영희 앞에 성자가 조심스럽게 이야기를 꺼냈다.

"치료를 좀 더 받는 건 생각해 봤어?"

"뭐는 안 해 본 줄 아니? 의사가 할 수 있는 일은 다 했다고 했어. 본인 노력 여부에 따라 얼마든지 정상적으로 즐겁게 살 수 있다는 거 야. 근데 이 인간은 아예 생각을 고정해서 박제했다니까. 변화는 고 사하고 일체의 움직임을 멈췄어."

"일은 한다며?"

"마지못해 겨우겨우. 신명 없는 사람을 가까이서 보는 게 얼마나 힘든 건지 너 아니? 일부러 그러는 것 같다는 생각도 들어. 나 괴롭 힐 생각으로."

"너를 괴롭혀서 무슨 소득이 있다고 그럴까?"

"그게 참 웃긴다. 분명 절 때린 건 제 형이라고 했거든. 형들 장가 가기 전부터 무지하게 맞고 컸대. 그런데 그 기억이 바뀌어 버렸어."

"기억이 바뀌다니?"

"그래. 자기 형은 절대 그럴 사람이 아니라는 거야. 모든 일은 다 형제를 이간질하려는 형수들의 모략이었대. 자기네 착한 오 남매는 지금 밖에서 들어온 나쁜 여자들 때문에 전에 없던 고통을 겪고 있는 중이래."

"쌀국숫집? 조영희가 하겠다고 작정을 하고 나오는데 누가 무슨 수로 말리니? 들어가 봐라. 철수 씨 불안해할라."

영희가 성자에게 불쑥 역정을 내듯 소리를 높였다.

"철수의 불안은 보호받아야 하고 내 고통은 무시해도 되니? 성자 야. 나 지금 너무 힘들어. 하루에 몇 시간만이라도 철수가 안 보이는 곳에서 숨 좀 쉬어 보고 싶어. 나, 정말은 철수 버리고 싶어. 그런데 차마 버릴 수가 없어. 버릴 순 없는데 온종일 같이 있다가는 내가 죽 을 것 같아."

쌀국숫집이라도 해야 살 것 같다는데 어쩌겠는가. 말도 안 되는 소리 지만 그렇게라도 해야 살겠다는데 어쩌겠는가. 해봐라. 쌀국숫집.

2 / 가장 잔인한 폭력

새벽 다섯 시. 독하게도 추운 날이었다. 절기상 입춘을 일주일 앞둔 날이었고, 일주일 전에 설을 지낸 명절 끝이었다. 영희와 철수는 명절 끝 노곤함에 젖어 다소 늦은 기상을 서두르고 있었다.

모처럼의 늦잠이었다. 급하게 방앗간으로 들어선 영희는 곧바로 손을 씻은 뒤 보일러 스위치를 올리고 쌀을 씻어 건졌고, 남편 철수는 오랜 배변습관을 따라 차고가 있는 건물 모퉁이의 화장실로 갔다. 씻어 건진 쌀을 저울에 올려 소금을 맞춘 다음 롤러에 넣고 빻던 중이던 영희의 귀에 남편 철수의 울부짖는 비명소리가 들려왔다. 얼른 기계 스위치를 내리고 화장실 쪽을 향해 달려 나갔다.

"어떻게 해? 아이고 어떻게 해? 형이 죽었나 봐. 우리 형 죽었나 봐."

"무슨 일이야?"

겁에 질린 남편이 바깥 차고 쪽을 가리키며 버벅거렸다.

"모 모 목을 매 매 맸나 봐. 목매달아 죽었나 봐."

"누가?"

"큰형이."

"큰형이 왜 여기 와서 목을 매?"

"몰라. 저기······."

겁에 질린 철수가 손가락으로 차고 쪽을 가리켰다.

"서 설마, 설마······. 잘못 본 거 아냐?"

"화장실 문을 여는데 내 차 옆에 형 차가 보이더라고. 형이 열어 놓은 차 문에 기대어 핸드폰을 받는 것처럼 보였어. 그래서 물었지. 형. 언제 왔어? 거기서 뭐 해? 근데 대답이 없는 거야. 그래서 뭐 하냐니까? 그러면서 다가갔지. 근데 가까이 가서 보니까······."

철수는 더 이상 말을 잇지 못했다.

"119, 119."

핸드폰을 꺼내 들고 119를 눌렀다.

"핸드폰은 끊지 마시고 사고 현장 그분께로 가십시오."

"제, 제가요?"

"우리가 지금 출동합니다. 생명이 걸린 일이고 촌각을 다투는 일이라서 우리가 도착하기 전 회생 가능한 조치가 필요할 수 있습니다."

"제가요? 난 아무것도 할 줄 모르는데요."

"행동요령이나 필요한 조치는 의사선생님께서 알려드릴 겁니다. 선생님께서는 의사의 지시대로 따르시면 됩니다."

영희는 엄두가 나지 않았다. 지금 죽었을지도 모르는 사람을······. 아니지. 아직 살아 있을 수도 있다지 않은가. 영희는 어쩔 줄 모른 채 핸드폰을 들고는 바들거리고 서 있었다.

"선생님! 선생님!"

차분한 목소리가 핸드폰 저쪽에서 영희를 불렀다.

"힘들고 어려우시다는 거 압니다. 선생님! 지금 그분을 살릴 수 있는 사람은 선생님밖에 없다는 생각을 하시고 힘을 내주십시오."

"내가 어떻게요? 나한테 왜 이래요? 나보고 어떻게 하라고 그래요?"

영희가 떨면서 물었다.

"왜 이래요? 나한테 대체 왜 이러냐고요?"

그러나 그녀는 훌쩍훌쩍 울어가면서도 핸드폰을 귀에서 떼지 않았다. 그리고 발을 옮겼다. 한 발짝, 두 발짝, 또 한 발짝……

왼쪽 가슴에 손바닥을 댔습니다. 귀를 댔습니다. 아무런 소리도 안 들리고 아무런 움직임도 느껴지지 않습니다.

손가락을 코 밑에 댔습니다. 아무런 기운도 느껴지지 않습니다.

혀는 길게 늘어져 있습니다.

수족에서 미지근한 온기가 느껴집니다.

꿈속에서 주고받는 듯한 대화가 오간 뒤에야 영희는 핸드폰으로부터 놓여 날 수 있었다.

"수고하셨습니다. 선생님께서 더 이상 하실 일은 없는 것 같습니다."

목매 죽은 형의 시신을 발견하게 하다니, 목매 죽은 시아주버니의 시신에 코를 대고 호흡 여부를 알아보게 하다니, 늘어진 혀를 보게 하다니, 미지근한 체온을 확인하게 하다니, 정말이지 그녀에게 할 수 있는 가장 크고 몹쓸 폭력이었다. 못된 인간. 많이 아팠지? 미안하다. 그 한마디만 해주면 다 용서하려고 했는데 죽어 버리다니, 심지어 목을 맨 주검을 확인까지 시키다니.

남편 철수는 넋이 나갔다. 넋이 나간 채로 불려 다녔다. 최초 목격자라는 사실 때문이었다. 그렇게 그는 경찰서에 불려 다니며 제 눈으로 본 제 형의 죽음을 진술하는 일을 하고 또 해야 했다.

형이 서 있었습니다. 차 문을 열어 놓고 핸드폰으로 누군가와 통화를 하는 것처럼 보였습니다. 형! 언제 왔어? 그렇게 물었습니다. 대답이 없었습니다. 거기서 뭐 해? 다시 물었습니다. 대답이 없었습니다. 못 들었나 싶어서 다가갔습니다. 가까이 가서 보니 형의 목에 굵은 밧줄이 보였습니다. 밧줄을 풀어야겠다는 생각은 하지도 못했습니다. 무서워서 아무것도 생각할 수가 없었습니다. 시간이 조금 지나자 아내에게 알려야겠다는 생각이 났습니다. 나는 형을 죽이지 않았습니다. 죽이고 싶다고 생각한 적은 있지만 죽이진 않았습니다. 나는 정말 형을 죽이지 않았습니다.

호상이라도 정월 초상은 꺼리기 마련이다. 더구나 날씨마저 독하게 추운 날이었다. 그런데 그렇게 죽어 버리다니. 그의 나이 올해로

예순셋. 참 아까운 나이였다. 사람들은 말했다. 이제 겨우 맘 잡고 사람 노릇 하나 싶더니 무슨 일이냐고들 했다.

"동생이 넷이지만 형 왜 이래 하고 덤비는 놈이 있길 하나 자식이 셋이니 아빠 싫어요 하는 놈이 있길 해? 세상천지 지 맘대로 휘젓고 사는 사람이 무슨 농담 같은 짓거리야."

"죽인다, 죽는다를 입에 달고 살더니 겁주려다가 죽은 거 아냐?"

각종 추론 끝에 내려진 결론은 우울증이었다. 평소 술을 즐겼고 술 취하면 우울해 보였고, 아버지의 전례가 있었다. 무엇보다 우울증이 아니면 이 엄청난 일을 저지를 만한 다른 이유가 안 보인다. 안 보이는 걸 찾아내려니 힘들고, 찾아낸다고 살아날 리도 없고……. 그래서 내려진 자살 원인이 우울증이었다.

철수는 제 형의 장례식을 마치는 내내 울지 않았다. 눈가는 눅진하고 눈알은 붉은데도 울음소리는 내지 않았다. 말도 없고 어울리지도 않고 끼어들지도 않고 나서지도 않았다. 그냥 맥없이 앉아만 있었다. 멍하니 바라보고만 있었다.

공원묘지 납골당은 옹색하고 어둡고 추웠다. 서식지를 잃은 호랑이처럼 사납게 으르렁대던 철수 형의 주검은 그 옹색한 납골당의 항아리 속 한 줌 재가 되고 말았다.

오십 년 만의 정월 추위라 했다. 골골이 얼음 박힌 골짜기에 불어 대는 바람이 차다 못해 시렸다. 시린 골짜기 납골당에 형을 두고 돌아오는 길이었다. 영희가 말했다.

"콧물이 흐르다가 얼어붙네."

철수가 말했다.

"내 가슴엔 눈물이 줄줄 흘려 내리고 있어."

그 가슴에 줄줄 흐르던 눈물은 다 어디로 갔을까?

그 눈물은 어디로 가고 철수는 비 한 방울 품지 못한 마른하늘이
되었을까?

철수를 넘어선 폭력이 영희를 가격하고 있었다. 그녀가 겪어본 것
중, 가장 잔인한 폭력이었다.

3 / 다 용서해야만 할 것 같은 날

영희는 납골당 앞에서 납골당 주민이 된 철수의 형에게 물었다.

"당신도 힘들었을 것이라 변호해 봅니다. 아프고 힘들고 몰라서였을 거라 변호해 봅니다. 맏이도 힘들고 아프다고, 맏이도 모르는 게 많다고, 그렇게 변호해 봅니다. 그래도 당신, 조금만 덜 때릴 순 없었나요? 조금만 덜 때려 조금만 덜 아프게 할 순 없었나요? 한 번만이라도 미안하다 말해줄 순 없었나요? 말해주고 떠날 순 없었나요?"

공원묘지 납골당 416호. 영희가 서너 걸음 뒤로 물러서 남편 철수를 지켜보다가 옆구리를 툭 쳤다.

"물어봤어?"

철수가 무슨 소리냐는 얼굴로 영희를 바라본다.

"왜 때렸냐고 물어봤어?"

"아니."

"내가 대답해 줄까?"

"뭘?"

"내가 형한테 물어봤거든. 이렇게 착하고 순한 동생을 왜 그렇게 두들겨 팼냐고?"

"후훗. 뭐랬는데?"

"형도 무서웠대. 무서워서 그랬대. 아버지는 죽고 동생들은 어리고 장사 나간 엄마는 안 돌아오고 동생들을 두들겨 패기라도 하지 않으면 무서워서 살 수가 없었대. 살려고 때렸대."

"근데 왜 죽었대? 그렇게 살려고 기를 썼으면 더 오래 잘 살아야지 왜 죽었대?"

"그래서 미안하대. 용서해 달래."

"용서? 뭘?"

"당신 많이 때린 거, 때려서 아프게 한 거, 그리고 그렇게 죽어 버린 거."

"아! 죽기 전에 말했어야지. 뒈진 다음에 뭔 개소리야."

"개소린 거 맞는데, 많이 늦은 것도 맞는데, 그래도 용서해 달래."

"무서우면 무섭다고 말을 하지 왜 때려? 왜 나를 때려?"

"무서울 땐 무섭다고 말하는 거라고 가르쳐주는 사람이 없어서 몰랐대. 원래 그런 건 아버지한테 배워야 하는데 그걸 가르쳐줄 아버지가 죽어 버려서 그걸 몰랐대. 그러니 용서해 달래."

"지 자식들은 누구한테 배우라고 그렇게 뒈져?"

"그것도 많이, 아주 많이 미안하대. 그리고 용서해 달래."

"용서? 그 주둥아리에서 용서라는 말이 나와? 무슨 염치로 용서를 말해? 용서를 해 달래?"

영희가 철수에게 물었다. 다정한 목소리로.

"보고 싶은 거지? 용서할 수 없을 만큼."

"……몰라."

"그렇게 많이 보고 싶어?"

"그래. 보고 싶다. 한 번만 더 그 개새끼가 때리는 매 좀 맞아봤으면 원이 없겠어."

영희는 납골당에서 나와 주차장으로 내려가는 길에 다시 한 번 철수에게 물었다.

"살았을 때 왜 때렸냐고 물어본 적 있어?"

"물어봤으면 맞아 죽었겠지."

"정말 죽였을까? 내가 뭘 잘못했는데 때리느냐? 내가 잘못한 것도 없는데 왜 때리느냐? 잘못한 게 있어도 때리지 말고 말로 하면 안 됐느냐고 물었다면 정말 죽였을까?"

"넌 몰라. 안 맞아본 사람은 죽었다 깨도 몰라. 얼마나 무서운지 알 수 없다니까."

"그렇게 심하게 맞았어?"

"많이 맞았지. 매일매일 맞았지."

"왜 때리는지도 모르고?"

"몰라. 모른다고. 왜 내가 맞아야 하는지도 모르고 난 그저 맞기만 했어."

"매일매일?"

"매일매일. 처음에는 이유가 있었겠지. 그런데 때리다 보니 중독이
돼 버린 것 같았어. 맞는 놈도 때리는 놈도, 매질이 안 끝나면 잠을
못 잤으니까. 언제 뛰어 들어와 두들겨 팰지 알 수가 없었어. 매를 안
맞으면 오히려 불안해서 잘 수가 없었다니까."

"엄마한테 맞았다는 얘기는 해봤어?"

"엄마! 엄마는 매일매일 장사를 나가야 했고 형한테 나를 맡겼었
어. 만약 엄마에게 형한테 내가 맞았다고 고자질을 하는 순간 죽임을
당했을지도 몰라. 두들겨 맞아 죽었겠지."

"정말 죽었을까?"

"틀림없이 죽었어."

"때려 죽였을 거라는 거야?"

"어떻게든 죽였겠지. 죽이고도 남았으니까."

"그런데도 보고 싶어?"

"보고 싶어. 맞아 죽더라도 한 번만. 딱 한 번만이라도 볼 수 있었
으면 좋겠어."

영희는 그런 철수를 보다 마른하늘을 올려다보았다. 그리고 거기
에 편지를 썼다. 이제는 육성으로 용서를 구할 수 없는 철수의 형에
게. 사지 멀쩡한 육신이 아니라 뼛가루가 되어 납골당 416호에 거주
하게 된 그에게.

죽은 아버지를 부르며 우는 동생을 때린 것이 매질의 시초였다지요?
알 것도 같습니다. 그 심정.

아버지가 죽었는데 눈물도 안 나오고 울 수도 없는 그 심정.

내가 울면 내 동생들이 다 거지가 되고 말 것 같은 두려움.

내가 두 눈 부릅뜨고 지키지 않으면 온 가족 모두가 뿔뿔이 흩어지고 말 것만 같은 공포. 누가 뭐라지 않아도 저절로 온몸이 방패처럼 굳어지고, 무슨 일이 생긴 것도 아닌데 저절로 날이 서 살기처럼 번뜩이던 두려움.

나도 그랬습니다.

몽둥이를 들고 두들겨 팬 적은 없지만, 발로 차거나 손으로 때린 적은 없지만, 다정하거나 부드럽지 못했답니다.

거칠게, 무섭게, 사납게.

내 동생들은 어쩌면 보호라는 이름으로 학대당한 건지도 모르겠습니다.

정서적인 학대.

내가 무섭게 무장하지 않으면 함락당하고 말까 봐 그랬습니다.

내가 사납지 않으면 공중분해되어 흩어지고 말까 봐 그랬습니다.

나 또한 당신 같은 어린 소녀 가장이었습니다.

집안의 맏이였습니다.

내게 불안하지 않은 날은 없었습니다.

아버지가 살아 있는 동안은 병든 아버지가 죽어 우리 곁을 떠날까 봐 불안했고요.

아버지가 죽은 후에는 가족 모두가 굶어 죽게 될까 봐, 불안했습니다.

아버지가 살아 있던 동안 아프지 않은 날이 없었던 탓에 내 불안도 공휴일이 없었습니다. 살아남은 가족들이 굶어도 좋은 날이 없었던 탓에 먹을거리에 대한 불안도 멈출 수가 없었습니다.

봉제공장 생산책임자 시절에는 눈앞에서 생글생글 아양을 떨어대는 A급 미싱사가 마음이 바뀌어 도망쳐 버릴까 봐, 그래서 생산목표량에 차질이 생길까 봐 불안했고요.

갓 출소한 조폭의 칼에 찔려 먹을거리를 책임져야 할 동생들을 두고 죽게 될까 봐 불안했었습니다.

한 번도 내색할 순 없었지만 난 늘 그렇게 불안했었답니다.

당신 집에 시집을 와서도 두렵지 않은 순간은 없었습니다.

새로운 떡집이 문을 열어 단골손님을 빼앗길까 봐 두려웠고, 인구가 밀집하는 지역을 따라 이동하는 상권이 두려웠습니다.

전철이 들어서 교통수단이 편리해지자 이웃도시로 빠져나가는 손님들의 움직임도 두려웠고요.

농협이 골목상권을 침범해 떡 공장, 기름 공장, 고춧가루 공장 사업을 추진 중이라는 소식도 두렵습니다. 그렇다고 죽음을 생각하진 않습니다.

오늘같이 추운 날

하늘이 시리고 햇살이 차갑고 바람이 매운 날

오늘같이 추운 날

당신이 살아 있었으면 좋겠습니다.

당신이 살아서 지랄발광이라도 해주었으면 좋겠습니다.

오늘같이 추운 날

그 어떤 것도 다 용서해야만 할 것 같은 날에 말입니다.

4 / 오아시스를 섭외하다

쌀국숫집을 시작하기 전 영희가 남편 철수에게 물었다.

"최하곤 어떤 관계야?"

"그냥 잘 아는 사이야."

"그냥 잘? 어떻게 잘 아는데?"

"그냥 잘 알아."

"그냥 잘 아는데 나랑 같이 일하게 돼도 돼? 남잔데?"

"최는 남자 아냐."

"남자 아니면 여자야?"

"최는 남자가 아니라 사람이야."

"그게 무슨 소리야."

"변함없이 나를 형이라고 부르는 유일한 사람이란 뜻이야."

"용안이 훤하신 걸 보니 거기 다녀오셨군요."

기름을 짜러 온 남씨 어르신에게서 깨가 든 자루를 받아들며 영희

110

가 아는 체를 했다.

"자네 이제 관상도 보나?"

"일 년은 날아다니시겠네요."

"천 년 묵은 산삼을 먹은들 이보다 더 힘이 날까? 힘이 불끈불끈 솟는다니까."

"그렇게 좋으세요? 돈 들어가는 거 아까워서 외식 한 번 안 하신다면서 안 아까우세요? 장학금 많이 내셨어요?"

영희가 받아든 깨를 볶음솥에 부으며 물었다.

"냈지. 봉투 여러 개로 나누어서 일일이 전해주고 왔지."

"아예 장학회를 만드시지 그러세요. 전설이 되실 텐데."

"이미 나는 전설이라네. 살아있는 전설. 큰 덩어리를 잘라 이름 낼 생각은 없어. 자손들 큰 사람 되면 그게 다 어디로 가겠나. 그저 내 생전에 나 고생한 거 보고 아는 사람들 보라고, 나 이만큼 하고 사는 것들 좀 보라고 하는 거지."

"아하! 그러니까. 봤지? 봤지? 친엄마 얼굴도 모르고 구박데기로 큰 내가 자네 손주들 장학금 주는 거 봤지? 그런 거구나. 그쵸? 그 사람들 그거 보면서 되게 불편할 거 같은데요."

"할애비로서 지들이 못 주는 돈 내가 대신 주는데 왜 불편해?"

"그 사람들, 옛날 어르신 매 맞고 책가방 들고 학교 가는 대신 지게 지고 나무하러 가는 거 다 봤을 거 아녜요?"

"봤지. 보다마다. 우리 아버지란 양반이 자식을 좀 심하게 때렸어야 말이지. 죽어라 팼거든. 너 같은 자식은 차라리 없는 게 낫다면서 죽어라 때렸어. 지게 지고 나뭇짐 져 나른 놈이 저 큰돈을 눈 하나 깜빡 않고 써대는데 책가방 들고 학교 다닌 나는 뭔가 싶겠지."

"그걸 노리고 해마다 고향 가서 잔치하시는 거죠? 그 사람들 기죽는 거 보시려고요."

"이 사람아, 착하다 했더니 못 쓰겠구먼. 노인네를 놀리려 들고."

"노여우세요? 커피 드시고 노염 푸세요. 그리고 어르신 아버님 얘기 좀 해주세요. 그 어르신은 도대체 뭐 땜에 큰아들을 그렇게 패셨대요?"

"새어머니가 들어오셨는데 당신이 들어와 낳은 자식이 다섯이야. 넉넉지 않은 살림에 군입 하나라도 줄이고 싶으셨겠지. 못 견뎌 나가기를 바랐던 겨."

"군입은 아니죠. 엄연한 맏아들을 군입이라고 하면 안 되죠."

"그런데 이 양반, 정작 당신은 나한테 손 한 번 안 댔어. 야단도 안 치고 말이야. 오냐오냐 괜찮은 척하다가 아버지가 들어오시면 온갖 고자질을 다 하는 거야. 그럼 아버지는 나한테는 자초지종을 묻지도 않고 두들겨 팼어. 징글징글했지. 오죽하면 꿈속에서 봐도 고개가 돌아가더라니까. 사진을 봐도 진저리가 쳐져."

"친아버지였답서요?"

남씨는 자신도 모르게 몸서리를 치며 말했다.

"의붓아버지라도 인두껍을 쓰고 그렇게는 못해. 새 양말 한 켤레 못 신어보고 키가 안 맞아 지게를 끌고 다니면서 나뭇짐, 곡식짐, 짐이란 짐은 다 져 날랐지. 그런데도 학교 가란 말을 안 하드만. 새어머니가 낳은 동생들은 보내면서 난 안 보내더라고."

"그때 한이 맺혀서 해마다 장학금을 내놓으시는구나."

"학교로 찾아갔지. 양말도 못 신어 꽁꽁 언 맨발로 교장실을 찾아가 '나도 공부 좀 하게 해 달라'고 매달려 통사정을 했지. 그렇게 입학을 해서 겨우 석 달 다녔네. 내가 석 달 학력으로 아들딸 삼남매 키워 내고 백 억 재산을 일궜어. 철수는 그래도 초등학교 졸업은 했다고 했지?"

"와! 백 억? 지금 제가 백 억 부자 어르신과 마주 앉아 있는 거예요?"

"부동산시세라는 게 오르락내리락하게 마련인지라 확정된 건 아니네만 현 시세로 어림잡아 그 정도는 된다고 보네."

"워낙 그 정도 되니까 새어머니랑 이복동생들까지 다 챙기시지."

"왜 그런지 잘들 안 되었어. 나 못하는 공부도 하고 나 못 받은 부모 재산도 솔찬히들 받았는데 크게 되는 일들이 없었지."

"염치없어 하죠?"

영희의 말에 남씨는 고개를 빳빳이 들며 콧김을 흥 뿜어내었다.

"염치없으라고 허는 짓인데 염치가 없어야지. 없어야 하고 말고."

"싫다는 분은 없어요?"

"이 세상에 돈 줘서 싫다는 놈 있으면 데려와 봐. 이 손가락의 금반지라도 빼줄게. 돈 앞에는 간이고 쓸개고 없어. 돈만 많이 준다면 영혼도 팔겠다고 내놓을걸."

"잔인하세요. 어르신."

"뭐가? 내가? 내가 뭐가 잔인해?"

"즐기시는 거잖아요. 큰돈 내주실 것도 아니면서 돈이란 미끼에 꿰여 비굴해지는 사람들을 보면서 속으로 웃고 계신 거잖아요. 근데 사실은 약 오르시죠?"

"약이 오르다니 그건 또 뭔 소리여?"

"진짜는 아버지한테 보여드리고 싶은 거잖아요. 당신이 밤낮 두들겨 패기나 하고 학교도 안 보내준 아들 덕에 얹혀 사시는 맛이 어떻습니까? 따져 물으며 대못을 박아주고 싶은데 아버지가 너무 일찍 돌아가셔서 속상하신 거잖아요."

"그 똑똑한 머리로 철수 단속 잘혀."

"우리 진아 아빠가 왜요?

"철수 그 사람 최가네 아들하고 잘 지내는 것 같드구만."

"아세요? 그 사람 최를요."

남씨는 쯧 하고 혀를 차며 말했다.

"게을러. 없는 사람들이 몸을 사리면 힘 피기가 힘들어. 가진 것은 없는데 대갈통에 선비가 들어앉아 있어서 사는 게 고단해."

남씨가 돌아간 뒤 영희는 홀로 앉아 생각했다. 정말 선비가 들어앉아 있어서 그런가. 쉼표 같기도, 물음표 같기도, 따옴표 같기도 한 사람 최. 그 사람을 철수가 소환했다.

영희가 본 최는 늘 어디론가 가는 중이었다. 가다가 들렀고, 가다가 와봤고, 가다가 소리가 나서 들어왔다고 했다. 영희가 본 최의 귀에는 늘 이어폰이 꽂혀 있었고 앞을 보며 똑바로 걷고 있었다. 그리고 그런 최는 남편 철수에게 있어 가장 믿을 만한 사람이었다.

"사람을 둘 거면 최랑 해."

"왜?"

"믿을 수가 있잖아."

그 최가, 지역아동센터에서 프로그램 강사로 봉사를 한다던 최가 며칠째 심란한 얼굴로 오락가락하고 있었다.

"형이라고 부를 뿐인데 그 정도로 믿을 수가 있어?"

"형이라고 부르니까 믿을 수가 있는 거지."

철수는 최가 형이라고 부르니 믿을 수 있다고 했다. 오직 그뿐이었다. 그리고 일은 마치 그렇게 이뤄질 일이었던 것처럼 진행이 되었다.

"수업 갔다 오냐?"

"요즘 수업 안 나가."

"왜?"

"지원이 삭감됐대. 일 년쯤 쉬어 보래."

"일 년 후엔 확실히 돌아가긴 하냐?"

"그거야 알 수 없지."

"왜?"

"내가 결정하는 게 아니니까."

"아직 강의요청 안 들어왔냐? 여러 군데 다니는 거 같더니."

"같은 걸 오래 했지."

"뭘 강의했는데?"

"여러 가지."

"여러 가지 뭐?"

"역사, 문학, 환경."

"대단하다. 역사, 문학, 환경 그거 다 대단한 거 아니냐? 다 중요한 거 아냐?"

"중요한데 더 중요한 걸, 해야 한대."

"강의 말고 다른 일 안 해볼래?"

"다른 일 뭐?"

"있어. 할래?"

"해보지, 뭐."

그렇게 철수는 최를 섭외했다.

5／너, 아직 서울 사람이니?

　　　　　　　　최랑 같이 쌀국숫집을 하기로 했다고 하자 진아가 말했다.

"엄마! 일은 착한 사람이랑 하는 게 아니고 잘하는 놈이랑 하는 거야."

"잘할 거야. 누구보다도 열심히 할걸."

철수가 한 소리 거들었다.

"열심히 하는 사람도 말고 친한 사람도 말고 잘하는 놈."

"그래서 그만두라고?"

"하고 싶다면서? 성자이모 붙들고 죽을 거 같다고 울었다면서? 기왕 하는 거 그 아저씨한테 좋은 일이었으면 좋겠구나."

돼지갈비, 삼겹살, 뼈다귀 감자탕, 닭갈비 집, 오리고기 코스요리, 수입육 식당……. 영희가 쌀국숫집을 낸 곳은 고깃집이 많고 고기를 잘 다루는 식당들이 많은 동네였다. 몸을 쓰는 노동자들이 많아서인지 고기가 잘 먹혔다. 그러니 당연하게도 음식을 팔아 돈을 벌 생각이라면 고깃집을 하는 게 맞았다. 몇 년 전까지만 해도 이쑤시개를 들고 보신탕집을 나서는 사내들로 골목이 미어터지던 동네였고, 지금도 금요일이면 삼겹살 굽는 냄새가 진동하다 못해 하늘을 찌르는 동네다. 이 동네에서 식당을 하려면 고깃집을 해야 한다는 걸 모르는 사람은 없었다. 물에 담근 고기건 판에 굽는 고기건 고기를 파는 집에 사람이 모이고 고기를 파는 집들이 살아남았다. 그러니 대왕갈비나 초원갈비, 담소나 육당21처럼 그 이름만으로 그 특성과 관록을 짐작케 하는 고깃집들이 목 좋은 자리마다 대거 포진을 하고 있는 동네다. 하지만 고깃집은 매력적인 만큼 초보자가 섣불리 넘볼 수 있는 시장이 아니었다.

그래서 영희가 찾아낸 게 베트남 쌀국수였다. 물론 거기에는 새로운 문물과 시대에 대한 호기심도 있었다. 영희는 오랜만에 가슴이 뛰었다. 봉제공장 생산라인에 새 작업을 깔 때처럼. '나, 아직 안 죽었다니까.'

이 동네에는 영희보다 먼저 서울에서 내려온 사람들이 있었다. 이전하는 공장을 따라 내려온 삼천리연탄공장 노동자 가족들과 트럭운전수 가족들이었다. 그들에게는 일관되고 통일된 확고한 신념이 하나 있었다.

"우리는 서울로 돌아갈 거야."

"언제?"

"내 대에서 안 되면 다음 대에라도."

"왜?"

"우리는 서울에서 온 사람들이니까."

그들을 보면서 영희는 자신에게 물었다.

'너, 혹시 아직도 너를 서울사람이라고 생각하니? 서울! 채우고 또 채워도 아귀가 차지 않던 생산목표량과 깔 때마다 가슴을 뛰게 하던 새 작업과 민석이의 핏빛 젊음을 묻은 서울을 그리워하니?'

악몽을 떨치듯 세차게 고개를 흔들었다.

'아냐. 나한테는 철수가 있어. 철수가 괜찮다고 하면 그걸로 나는 충분히 괜찮아. 언제나 그랬듯이 이번에도 잘, 자알 해낼 거야. 철수 가 섭외한 최랑.'

영희는 자신은 도망치지도 물러서지도 않겠다는 듯, 최를 향해 다짐 아닌 다짐을 받는 것으로 마음을 다스리기 시작했다.

"지금 강의요청이 온다면 거절할 수 있는지 생각해 봤어요?"

"네, 뭐."

"거절하고 쌀국숫집하신다고요?"

"네."

"잘 생각해 보고 대답해요. 정말로 강의요청이 와도 거절할 수 있 는지요. 이거 장난 아녜요. 말만 해서 되는 일도 아니고 잘 될 거란 보장도 없어요."

"압니다."

"그래도 해보겠다고요?"

"네."

영희는 확인하고 또 확인했다. 그리고 그렇게 최의 합류가 정해지자 쌀국숫집 창업 준비에 가속도가 붙었다. 세 사람은 몇 군데 쌀국숫집을 찾아다니며 먹어보고 살펴보고 본사에 알아보았다. 막상 일을 시작하고 보니 영희가 원해서 시작한 일이었지만 어느새 최를 위해 포기할 수 없는 일이 되고 말았다.

"어때?"

"괜찮을 거 같아."

"괜찮을 것 같지?"

"응."

"시작하기 전에 다시 한 번 물어볼게요. 지금 강의해 달라는 전화가 오거나 사람이 찾아와도 거절하고 이 일을 할 용의가 있어요?"

영희는 또 한 번 마지막 다짐을 받고자 했고, 최 역시 다짐을 했다.

"네, 뭐."

영희와 최를 본 사람들은 둘의 사이에 대해 궁금한 듯했다.

"무슨 관계야?"

"친구."

시동생이라고 말하면 시동생이 싫어할까 봐 친구라고 했다. 그렇게 '친구' 사이가 되어 일을 진행해 나가는데 최가 뜻밖의 말을 했다.

"사기만 아니면 뭐……."

"사기요? 누가? 내가? 본사가?"

"그럴 수도 있다는 거지요, 뭐."

'사기라니. 무서운 말을 농담처럼 하네. 웃지도 않고.'

영희는 최의 몰랐던 면을 발견한 듯해 피식 웃었다.

영희와 최의 쌀국숫집은 막을 올릴 준비를 본격적으로 시작했다. 깨끗한, 너무나 깨끗하고 멀쩡한 테이블들을 들어내고 천장을 뜯어내고 바닥을 들어냈다. 각 공정에 막대한 돈이 들어가는 대공사였다. 영희는 모든 공정의 진행과정에 최를 참여시켰고, 투입되는 돈의 액수를 일일이 알렸다. 돈의 출처도 숨기지 않았다.

"해외여행을 가려던 돈이에요."

"보험 담보대출을 받은 거예요."

지나고 보니 쓸데없는 짓거리였으나, 그렇게 할 당시에는 큰돈이 들어가니 긍지를 가져도 좋다는 격려 같은 거였다. 최선을 다해 달라는 압력이기도 했다.

"엄중히 생각하고 최선을 다해 보자고요. 내가 할 수 있는 최선을 다해 모든 방법을 총동원해 짜내고 짜낸 고혈이니 허투루 생각지 말자고요."

영희 스스로를 향한 다짐이었고, 그녀가 최에게 할 수 있는 최고의 당부였다.

공사는 계속됐다. 멀쩡한 전선을 걷어낸 다음 새로운 전기공사를 하고 뜯어낸 천장에 페인트칠을 하고 내부 인테리어 공사가 진행되고 식탁과 의자들이 들어왔다. 에어컨이 들어오고 냉장고가 들어오고 정수기가 설치되고 인터넷이 설치되고 새 시대를 대변하는 발권기가 들어오고 각종 조리기구와 식기들이 들어왔다. 공정 하나하나, 접시 하나 수저 하나도 다 돈이었다. 일 억짜리 대공사였다. 일억 원어치 영수증 다발을 보는 최의 표정은 그저 덤덤했다.

"일 억이라는데 겁 안 나요?"

영희가 최에게 물었다. 나한테만 살 떨리고 잠 안 오는 액수인 건가 생각했다.

집에 와서 남편 철수에게 그 얘기를 하자 철수가 이렇게 말했다.

"땡전 한 푼 안 댄 놈이 몸 달게 뭐 있어?"

'그렇구나, 그런데 난 왜 그 생각을 못 했지.'

숟가락 젓가락, 회사 로고가 찍힌 냅킨에 일체의 식자재, 심지어는 쓰레기를 버리는 비닐 봉투에 앞뒤로 회사로고가 찍힌 옷과 앞치마까지 다 본사에서 내려왔다. 레시피가 수록된 책자와 함께 조리교육팀도 내려왔다.

"음식을 조리하는 일은 게임이나 놀이가 아닙니다. 생존이고 현실입니다. 생존이 즐겁기만 합니까? 현실이 아름답기만 한가요?"

조리팀 팀장의 첫 마디였다. 영희는 박수를 치고 싶은 것을 꾹 참고 속으로만 갈채를 보냈다. 그리고 속으로 생각했다.

'역시 탁월한 선택이었어. 암, 그럼. 철학이 있어야 하고 말고. 일억이 아깝지 않은 선택이었어.'

영희는 기뻤지만 최의 얼굴에선 살짝 언짢은 표정이 드러났다.

'주접떨고 있네. 짜샤, 누울 자리를 보고 발을 뻗어야지. 조리교육을 하러 왔으면 음식 만드는 거나 가르칠 것이지 새파란 애송이가 누구 앞에서 개폼을 잡아? 내가 니 앞에 앉아 있으니 니들 똘마니로 보이냐? 내 스승이라도 된 거 같아?'

최의 표정은 딱 그런 얼굴이었다. 그리고 그런 최를 보는 순간, 영희의 가슴은 철렁 내려앉았다.

'괜찮을까? 내 일억.'

방정맞게도 일억의 안부가 걱정되기 시작한 영희였다.

6 / 아슬아슬, 불안불안

"이거 맞는 겁니까? 영어로는 월남 선상. 한글로는 월남 선생?"

최가 계량법을 설명하는 강사에게 앞 유리에 썬팅된 영문표기를 문제 삼고 나왔다.

"실장님."

조리팀장이 살짝 얼굴을 붉히면서 최를 불렀다.

"그렇지 않습니까? 전면유리 썬팅은 가게 얼굴이나 마찬가진데 철자법도 제대로 못 맞추는 허술한 집 음식 맛이 믿어질까요? 들어오고는 싶을까요?"

"실장님."

팀장이 다시 한 번 최를 불렀다.

"내 얘기는 레시피도 철자법처럼 엉터리일 수도 있지 않냐 뭐 그런 겁니다."

영희는 뜨악한 마음을 최대한 숨기며 최를 쳐다보았다. 이 사람 최, 지금 뭐 하자는 거지? 하는 불안감에 의구심까지 일기 시작했다.

"실장님, 설명 들으신 대로 프라이팬 잡는 것부터 한 번 해보시겠습니까?"

팀장이 들고 있던 프라이팬을 앞으로 내밀었다.

"아니 내 말은 지금 이 레시피에 조리법이 확실한 거냐고요?"

"확실합니다. 저희는 메뉴개발부터 조리교육 일체는 물론 매장관리까지를 책임지는 사람들입니다. 실장님께서는 지금 정해진 시간 안에 가능한 한 전 메뉴의 레시피 일체를 습득하셔서 자기화하는 노력을 해주셔야 합니다."

"나는……."

"우리가 돌아가는 순간부터 주방에서 일어나는 모든 일은 실장님께서 책임을 지셔야 되는 거란 말입니다."

"교육에 집중해 줘요."

영희가 한마디 거들자 그제야 최는 순순히 고개를 끄떡였다.

"자! 다시 시작합니다. 실장님! 제 손을 봐주시겠습니까?"

"저분 이 일하실 분 맞습니까?"

최가 자리를 비운 사이 조리팀장이 영희에게 물었다.

"네."

"확실히 저분이 주방을 맡으실 거란 말씀이신 거죠?"

"처음이라서……."

"누구나 처음이 있죠. 하지만 처음부터 이러시는 분은 흔치 않죠."

"다른 사람들은 어떻게 하나요? 대부분."

"제가 가르칠 때까지 기다리지도 않습니다. 첫날 레시피 나눠 주고 이튿날 보면 글씨가 안 보여요. 새까만 볼펜자국만 보인다고요. 밤새도록 밑줄을 그어 가며 읽어서 아침이면 레시피를 줄줄 외운다고요. 저희가 온 지 사흘입니다. 저분에게 물어보세요. 레시피 하나라도 외우고 있는 거 있는지요. 저희들 공짜로 봉사하는 사람들 아닙니다. 우리들 강사료 사장님 창업비용에 다 포함된 겁니다. 우리가 도망을 다녀도 쫓아다니며 물어야 할 분이 저러고 있는데 사장님은 걱정 안 되십니까?"

걱정되기 시작했다고, 벌써부터 불안했다고 말하면 뭔가 달라질까?

"좋은 분이세요."

"사장님은 좋은 사람이 필요하십니까? 제 생각엔 의지를 가지고 집중하실 분이 있어야 할 것 같은데요."

"처음이라서 적응할 시간이 좀 필요한 걸 거예요."

"손님들께도 그렇게 설명하실 겁니까? 처음이라서 그러니 기다리시라고요."

"그렇다고 무슨 수 있어요?"

"사장님! 심사숙고하시기 바랍니다."

조리팀장이 답답하다는 듯 충고했다. 그런다고 달라질 건 없었지만.

어느새 기본교육이 끝나고 본사에서 파견 나왔던 조리교육팀이 돌아갈 시간이 되었다. 영희는 떠나려는 팀장에게 말했다.

"추가로 연장교육해 주세요."

"저분 저런 태도로는 조리교육 백날을 해봐야 마찬가집니다. 달라질 게 없어요."

"해주십시오."

"규정상 기본교육을 끝낸 상태라서 우리 맘대로 정할 수 있는 것도 아닙니다. 교육 스케줄도 살펴봐야 하고 교육비도 추가됩니다."

"추가비용 내겠습니다."

"본사에 요청 드려 보겠습니다."

영희와 최는 일주일 강사료를 추가로 물고 가까스로 강습을 마칠 수 있었다. 돌아가는 길에 배웅을 위해 따라나선 영희에게 팀장이 말했다.

"사장님, 돌아가는 제 마음이 무겁습니다. 이게 무슨 뜻인지 아십니까? 차라리 사장님께서 프라이팬을 잡으실 작정이라면 제가 마음이 좀 가볍겠습니다."

영희는 그저 걱정해 주어 고맙다는 말로 답을 대신했다. 그리고 강사들이 돌아간 후, 최에게 물었다.

"할 수 있어요?"

"레시피 보면 다 하실 수 있대요. 그 사람들이 무슨 큰 기술이라고 자꾸만 가르치려 드는 게 싫어서 일부러 그랬대요."

최 대신 박이 대답했다.

"큰 기술 맞는데 그 사람들. 그 분야의 전문가들이고 이 메뉴 개발자들인데."

"암튼 좀 그랬대요."

불안불안하게 쌀국숫집 개업 준비가 진행되고 있었다. 그리고 그 불안한 상황을 영희는 자신감으로 메웠다.

'나에게는 실패한 경험이 없다. 나는 한 번도 물러서거나 포기해 본 적이 없다. 나는 한 번도 남과 한 약속을 어긴 적이 없고, 내 스스로에게 한 약속을 지키지 않은 적이 없다. 안 될 수도 있지만 끈기를 가지고 잘 될 때까지 하는 것이다.'

영희는 이때까지 아는 사람 모두에게 돈을 빌렸지만 누구 한 사람에게도 피해를 주거나 낭패를 겪게 한 적이 없었다. 그녀는 자신이 곧 신용의 아이콘임을 믿고 있었다. '안 해' 병, '못 해' 병에 걸린 남편을 빼면 적어도 자신이 하는 일에는 틀림이 없다고 자부하고 있었다. 봉제공장에서는 생산목표량이라는 불사신과 맞서 싸웠으되 물러서 본 적이 없는 최고의 생산관리자였고, 시집을 와서는 맨주먹으로 시작해 잘 살아낸 장본인 아니던가. 떡집 운영으로 집안을 일궈냈고, 자식들도 잘 키워냈다. 허허벌판에 바람 부는 광야 같은 시간들 속에서도 잘해 왔다. 이제까지 그렇게 잘해 왔으니 잘못될 리가 없다고 믿기로 했다.

가게 오픈 날이 다가오자 지나가던 젊은이들이 하나둘 찾아와 물었다.

"아직 영업 안 하시나요?"

"영업은 언제부터 하세요?"

"쌀국수 먹으러 멀리 안 가도 되니 너무 좋아요."

"기대됩니다. 사장님."

영희는 속으로 생각했다.

'거봐. 잘 될 거라고 했잖아. 잘 될 거라니까.'

그녀 스스로에게 거는 최면이었다.

드디어 영희의 쌀국숫집이 대망의 닻을 올렸다. 자기들이 할 일은 끝났다고, 나머지는 알아서 하셔야 된다고 못을 박고 돌아섰던 조리팀도 와 주었다. "도무지 맘을 놓을 수가 없어서요."라며.

최도 이번에는 거부감 없이 조리팀을 맞아 주었다. 결과는 성공이었다. 개업광고를 하지 않은 셈 치고는 대성황이었다.

"이렇게 잘하시면서."

"도와주시지 않았으면 엉망이었겠죠."

"썩 잘하신 겁니다. 더 잘하실 수 있으십니다."

최와 조리팀 사이도 해피엔딩으로 끝을 맺었다. 훈훈한 마무리였다. 물론 영희는 그런 최를 보며 안도의 식은땀을 쓸어냈지만.

'다행이야. 개업도 못해 보고 잘못되나 했는데. 그러면 그렇지. 최가 그럴 사람은 아니지.'

비로소 마음이 놓이는 영희였다.

개업광고를 하지 않았는데도 손님은 모여들었고, 시작하기 전에 염려했던 것과는 달리 최도 집중력을 발휘해 주었다. 블로거들이 찾아와 사진들을 찍어 올리고, 그 사진을 본 새로운 손님들이 찾아오기 시작했다. 음식을 차려 올리지 않아도 자신들이 주문한 음식을 자신들이 챙겨다 먹는 시스템. 떡집을 해오던 영희에게는 그야말로 신세계였다.

"너무 맛있어요."

"저는 쌀국수 너무너무 좋아해요."

"어떻게 이런 생각을 다 하셨대요?"

손님들의 반응도 뜨거웠고 블로거들의 방문 후기도 칭찬에다 환영 일색이었다. '한국에서는 왜 쌀국수가 비쌀까?' 누군가 글을 올리면 또 다른 누군가가 '쌀국수는 어렵고 힘든 시절 베트남 서민들이 먹던 값싸고 영양 많은 음식입니다.' '베트남 쌀국수는 한국인의 입맛에 맞춘 최고의 맛과 높은 영양가를 자랑하는 한국식 쌀국수입니다.' 하고 답을 달아주었다. 신세계였다.

함께 일하는 박은 수시로 스마트폰에 올라온 블로거들의 글을 읽으며 기쁨을 감추지 못했다.

"이거 보세요. 이분은 주소는 물론 찾아오는 방법까지 자세히도 올려 주셨네요."

"맛있게 잘 먹었대요."

"시내까지 안 나가도 돼서 너무 좋대요."

영희는 생각했다. 우리 주변에 쌀국수 마니아가 이렇게 많았나. 그저 놀라울 뿐이었다. 영희나 최, 그리고 남편을 아는 지인들이 일부러 찾아왔다가 당혹스러워하는 모습을 보는 것도 재미있었다. 앉아서 주문을 하고 챙겨다 주는, 심지어는 구워서 잘라주기까지 하는 대접에 익숙한 손님들. 그들에게 발권기에 직접 주문을 넣고 반찬을 직접 챙기고 주문한 음식이 나오면 직접 가져다 먹어야 하는 셀프시스템은 충격이었고 반란이었다. 그리고 이러한 낯선 시스템에 반응하는 방법도 여러 가지였다. 낯선 광경에 어색해하면서도 그들 중 상당수는 어차피 인사치레를 온 거니 아무러면 무슨 상관이냐는 듯, 박이 안내하는 대로 직접 주문을 넣어 보고 직접 반찬을 챙기고 주문한 음식을 들어 날랐다. 일련의 과정들을 실행하면서 첨단시스템을 통해 신세계에 입문해낸 스스로를 대견해하는 사람들도 상당수 있었다. 또 다른 상당수는 발권기에 주문을 넣고 주문한 음식을 직접 챙겨야 하는 셀프시스템에 심각한 우려를 나타내기도 했다.

"이게 될까? 아직 여긴 일러."

편해 보자고 외식을 하는 건데, 주문부터 반찬 챙기는 것까지 다 자기 손으로 할 것 같으면 집에서 조리하는 것과 무슨 차이가 있느냐는 것이었다. 홀대를 당하는 느낌이 드는 것도 사실이란다. 기껏 찾아왔는데 이런 대접이면 다시는 오고 싶지 않을 것 같다는 말들도 했다.

"쌀국숫집 장사를 하려면 와서 주문을 받아라. 손님들한테 이게 무슨 무례한 짓이냐?"

노골적으로 항의를 하는 사람들도 있었다. 낯선 음식에, 낯선 시스템이었다. 인구 오만의 시골 동네에 등장한 베트남 쌀국수는 모험이었고 센세이션이었다.

그리고 이 모험 속에서, 우려했던 것과 달리 최는 자신이 맡은 역할을 충실하게 잘 수행해 내고 있었다.

7 / 세 번째 남자, 최

　　　　　　　　그렇게 한 달이 지나고 마음을 놓아도 좋겠다고 여겨질 즈음 최가 말했다.

"오래전부터 발마사지 봉사를 해왔는데 지난달에 못 갔어요."

"봉사활동이요?"

"네."

"봉사활동이 뭐요?"

"이번 달부터는 가려고요."

"힘 안 드세요? 일요일 하루는 그냥 쉬시지요."

"일요일 행사면 굳이 말 안 했죠. 그게 매월 첫째 월요일에 가는 거라서……."

"월요일? 그럼 여기는요?"

"지장 없게 할게요."

"그게 지장 없이 될까요?"

"한 달에 한 번인데요, 뭐."

한 달에 한 번이니 지장이 좀 있더라도 가겠다는 건가. 그리고 마치 약속이라도 한 듯, 그 무렵부터 철수가 징징대기 시작했다.

"방앗간을 접자. 나, 힘들어서 못 하겠어."

"힘들어? 뭐가 힘든데? 방앗간이랑 식당 양쪽을 오가는 나도 아무 말 않는데 당신이 뭐가 힘들다고 그래? 주문전화 내가 다 받고, 떡 내가 다 하고, 도대체 뭐가 힘들다고 난리야?"

영희는 최한테 못한 화풀이도 할 겸 철수를 향해 쏘아붙였다.

'사람들이 말이야 철이 없어도 유분수지. 사는 게 장난이야? 주방을 맡은 사람이 주방을 비워 놓고 봉사를 간다는 게 말이 돼? 봉사를 하지 말라는 게 아니잖아. 봉사? 좋다 이거야. 그런데 생업이 우선 아냐? 생업에 지장을 주면서까지 봉사라는 걸 꼭 해야만 해?'

두 달이 지났다. 최가 방통대 사회복지과에 합격했다고 했다. 영희가 고개를 갸웃하며 물었다.

"졸업요?"

"합격했다고요."

"합격이라면 대학을 또 가요?"

"원래 난 관광학과에 가고 싶었어요. 그런데 당시엔 방통대에 관광학과가 없더라고요. 그래서 환경학과에 들어갔는데, 환경학과 졸업하고 나니까 관광학과가 생겨서 입학했고 이번에 졸업했어요."

"그런데요?"

"졸업하고 사회복지과에 시험 봤는데 합격했어요."

"원하던 관광과 졸업했는데 대학을 또 다닐 거라는 거예요?"

"졸업하기 전부터 준비했어요."

대학을 또 간다고? 대학이 취민가? 영희는 도저히 이해가 되지 않았다. 내가 몇 번이나 물었잖아요? 다 버리고 올인할 수 있겠느냐고 묻고 또 물었잖아요? 하는 말을 참기 위해서 입술을 지그시 깨물었다.

세 달이 지났다. 점심장사 끝내고 도서관에 갔던 최가 책을 한 보따리나 안고 들어왔다.

"웬 책이에요?"

"일주일에 열 권씩 목표를 정해 놓고 읽으려고요."

"강의도 들어야 하고 책도 읽어야 하고 힘 안 드세요?"

"틈틈이 읽으면 돼요."

'일주일에 책 열 권을 틈틈이?'

이 남자, 일억이 들어간 쌀국숫집을 책임지고 있다는 걸 잊고 있는 거 아냐? 다시 불안감이 스멀스멀 올라오는데 이런 와중에 남편 철수는 밥맛이 없다며 짜증을 부리기 시작했다.

"밥맛이 왜 없어? 마누라만 보면 무슨 꼬투리라도 잡고 싶지? 무슨 꼬투리를 잡아 걸고넘어져서라도 들들 볶고 싶지? 당신이 언제 밥상 앞에서 고맙습니다, 잘 먹겠습니다, 해본 적 있어? 짜다, 싱겁다, 건더기가 많다, 적다, 매운탕이 먹고 싶은데 왜 김치찌개냐? 시골 머슴 밥상도 아니고 누구 먹으라고 고봉밥이냐, 언제 군말 없이 받아먹은 적 있냐고요?"

영희는 철수를 향해 속사포처럼 내갈겼다.

'남자들이란 들어가나 나가나 속들이 없어. 철수나 최나 어쩜 그렇게 한결같이 속들이 없냐?'

그렇게 네 달이 지나고 다섯째 달로 접어들었다. 쌀국숫집은 나름대로 자리가 잡혀갔지만 영희의 일상은 최악이었다. 방앗간을 비우는 시간을 최소화하고, 식사며 청소며 거의 모든 일을 손댈 데 없이 해놓고 쌀국숫집을 가는데도 남편 철수는 점점 더 심하게 징징거렸다.

"뭐가 힘들어?"

"기운이 없어서 못해 먹겠다고."

"밥을 잘 안 먹으니까 기운이 없지."

"밥맛이 없어."

"알았어. 당신 보약 먹을 때 된 거 같군. 가서 진맥하고 약 짓자."

"혈압과 당뇨가 있다는 건 고지했죠?"

남편의 진맥을 끝낸 한의사를 따로 만나 확인을 했다. 의사가 고개를 갸웃거리며 말했다.

"그런데 어머님, 아버님은 지금 전형적인 우울증 증상으로 판단됩니다만."

'우울증? 웃기고 있네. 우울증 그거 자신 없고 설명 안 될 때 뒤집어씌우는 병명 아냐. 그거 우리도 다 해봤다고. 철수 형 죽었을 때 성

가셔지는 거 귀찮아서 가족 모두 짜고 우울증으로 조작했잖아. 죽은 놈이 말을 안 하는데 왜 죽었는지 알게 뭐야? 그런데 우울증, 한마디로 간단하게 마무리되는 거였어.'

영희는 속으로 코웃음을 치며 의사가 좀 비겁하다고 생각했다.

'먹어서 밥맛 나고 기운 나는 보약 좀 지어달랬더니 우울증? 면허까지 있는 의사가 자기 보약에 자신이 없는 건가. 좋아, 한 재 가지고 안 되면 두 재 먹이면 될 것 아닌가?'

"한약으로는 치료가 안 되나요?"

"양약은 증상을 완화시키지만 한약은 힘을 강화시켜 이겨내게 합니다. 시간이 걸린다는 뜻이죠. 제 생각으론 병행하시는 게 좋을 듯합니다만."

"보약 먹고 힘 생기면 이겨낼 수도 있는 거죠?"

"물론이죠."

영희는 그렇게 의사의 말을 간과하고 넘겼다. 남편 철수의 우울증을 인정하고 받아들이기엔 그녀의 머릿속이 너무나도 복잡했기 때문이었다. 그 말을 간과한 것을 크게 후회할지도 모른단 사실을 생각지 못한 채……

영희는 매일 이른 새벽에 눈을 뜨자마자 서둘러 방앗간으로 나가야 했고, 쫓기듯이 주문 들어온 떡들을 끝내야 했다. 허겁지겁 남편의 아침상을 챙기고, 안 먹겠다고 버티는 남편을 어르고 달래 한술 뜨게 하고 설거지까지 대충 마치고 나면, 그녀의 몸은 이미 전반 사

십오 분을 숨차게 몰아 뛴 축구선수처럼 후줄근한 행색에 노곤해져 있었다. 그럼에도 쉴 틈은 없었다. 영희는 그 상태로 쌀국숫집 출근을 서둘렀다.

짤랑—

문을 열고 쌀국숫집으로 들어서니 최는 주방 안에서 인터넷 강의를 듣는 일에 몰두하고 있었고, 박은 홀 식탁에 앉아 카톡에 빠져 있었다. 문득 영희는 그 광경을 보며 자신에게 물었다.

'내가 지금 무슨 짓을 하고 있는 거지?'

자신을 향한 질문은 잠시 후 최와 박에게로 넘어갔다.

"두 사람, 이 일을 계속하긴 할 건가요?"

두 사람이 놀란 얼굴로 서둘러 폰을 끄고 영희를 바라보았다.

"두 사람이 할 일을 안 했다는 게 아닙니다. 다시 말하지만 두 사람이 할 일을 안 하고 딴짓을 했다는 뜻은 아닙니다. 하지만 이건 아니지 않나요? 주방 담당은 인강에 열중하고 있고, 홀 담당은 손님맞이와 주문은 발권기에 맡겨 놓고 카톡이나 하고 있으면 손님들은 누굴 보고 여길 오나요? 바꿔서 생각 한번 해보죠. 식당에 갔는데 이런 분위기면 그 집 다시 가고 싶겠습니까? 음식 맛이 아무리 좋아도 그 집 다시 찾고 싶겠어요? 두 분 이 쌀국숫집 망하게 하고 싶어요?"

영희의 말이 끝나기도 전에 나긋나긋 말랑거리던 가게 안 공기가 차갑게 얼어 붙어버렸다. 악의가 없었다는 건 영희도 안다. 악의는 없었지만 너무 태평한 거 아닌가, 하는 게 그녀의 생각이었다. 이 바닥이 어떤 바닥인데, 죽자고 덤벼도 생존율이 20% 안팎이라는데 봉

사하고 책 읽고 남은 힘만 써도 충분하다고 생각하는 거, 정말이지
너무 철없고 천진한 생각 아닌가.

8 / 오아시스의 반란

영희는 최와 박에게 화가 나 좋지 않은 말을 했지만 편치 않았다. 물론 안 할 말을 했다고는 생각지 않았다. 하지만 편치는 않았다.

'사는 게 왜 이리 고된가? 이게 맞는 건가? 나만 이런 건가?'

그때 알람소리가 울렸다. 하루의 시작을 알리는 소리. 그녀는 눈을 떴다. 4월 1일 새벽 4시. 3월 31일은 일요일이었고 휴일이었다.

'사월이구나.'

핸드폰을 열어 보니 최로부터 문자가 와 있었다.

같이 식사라도 하려고 했는데 전화를 안 받으시는 걸 보니 바쁘신가 보네요.

열심히 했다고 생각하는데 집중이 잘 안 되네요. 손님한테도 짜증을 내게 되고, 지금 끝내는 게 맞는 것 같아요. 3월 말일까지 끝내는 걸로 하겠습니다.

미안합니다.

누운 채로 문자를 읽던 영희가 후다닥 일어나 앉았다.

'이게 무슨 소리야? 토요일까지 별다른 내색 없었잖아? 멀쩡한 얼굴로 식자재 주문까지 해놓고…….'

설마 그만두겠다는 소리라고는 생각되지 않았다. 그러나 그 순간 그녀의 머릿속은 하얘지면서 아무 생각도 나지 않았다.

만나서 얘기해요.

영희는 최에게 문자를 보냈다. 그리고 이내 두 번째 문자를 보냈다.

출근하는 걸로 믿고 기다릴게요.

영희는 타들어가는 속을 어쩔 줄 몰라 하며 생각했다.

'출근은 하겠지? 출근할까?'

답장이 없다. 순간, 마치 땅이 흔들리는 것 같은 느낌에 영희는 번쩍 고개를 들었다.

'뭐야, 지진인가?'

당연히 아니었다. 그저 그녀의 머릿속에서 하얀 아지랑이가 피어오른 탓에 딛고 선 지구가 흔들거리는 것처럼 느껴지는 것뿐이었다.

'어떻게 해야 하나?'

영희는 옆자리에 잠들어 있는 남편을 바라보았다. 남편 철수는 지쳐 곯아떨어진 듯했다. 편안히 잠들어야 할 침실에서조차 고단한가.

'설마 정말로 어디가 아픈가? 보약을 너무 믿었나? 여전히 밥맛도 없어 하고 기운도 없어 보이고.'

그러나 남편에 대한 걱정은 잠시, 다시 최에게 문자를 보냈다.

기다릴게요. 기다립니다. 이 문자, 보고 있죠?

영희는 마치 치성이라도 드리듯 두 손으로 핸드폰을 움켜쥐었다. 진아의 사시합격기원 이후로 근래에 이만큼 간절해 본 적이 있었던가 싶을 정도로. 그렇게 간절하게 최의 답장을 기다렸다. 그런 그녀의 마음을 아는지 모르는지 남편이 눈을 뜨고 물었다.

"뭐야? 무슨 일 있어?"

"갑시다."

남편 철수는 일어나기도 전에 한숨부터 쉬었다.

"왜? 아직도 힘들어?"

"아! 몰라."

왜 이렇게 힘들어하는 걸까? 보약을 먹이고 있는데.

영희는 서둘러 주문 물량을 끝내고 시계를 보았다. 그리고 전화를 걸었다. 하지만 최는 받지 않았다. 영희는 끊었다가 다시 걸기를 반복했다.

"고객이 전화를 받을 수 없으니……."

다시 걸어도 기다려보아도 전화를 걸어도 문자를 넣어도 연락은 닿지 않았다.

전화 좀 받아요. 무슨 일인지 얘기를 해봅시다.

영희는 별수 없이 문자를 다시 넣었다. 그리고 또다시 전화를 걸었다. 최는 여전히 받지 않았다. 문득 밀려오는 깨달음이 있었다. 이 사람, 일부러 안 받는구나.

"왜 그래? 무슨 일인데?"

남편 철수가 물었다.

"최가 연락이 안 돼."

"이따 올 텐데 연락은 왜?"

"출근을 안 할 건가 봐. 그만하고 싶대."

철수는 대답이 없었다. 절대 흔들리지 않을 것이라 믿었던 것들이 흔들리고 있었다. 절대 흔들려서는 안 되는 것들이 흔들리고 있었다. 영희는 남편도 자신처럼 머릿속이 하얘진 것이라 여겼다. 이 사람도 나처럼 쇠망치로 뒤통수를 가격당한 느낌인가 보구나 생각했다.

"괜찮아?"

영희의 물음에 철수는 대답이 없다. 이 사람도 나처럼 충격이 크구나.

"여보! 괜찮아?"

영희가 다시 물었다.

"아! 잠깐만 나, 왜 이렇게 가슴이 뛰지? 숨을 못 쉬겠네."

의자에 앉은 철수가 가슴을 움켜쥐며 얼굴을 찌푸렸다.

"왜 이래? 당신 왜 이래?"

영희가 심상찮음을 느끼고 다급하게 남편 철수 앞에 무릎을 굽혀 앉으며 물었다.

"아! 몰라. 내가 왜 이러지?"

철수는 금방이라도 쓰러질 것처럼 가쁜 숨을 몰아쉬며 괴로워하는데, 영희는 어찌할 바를 몰라 허둥거렸다.

'이게 대체 무슨 일이야, 병원엘 가야 하나? 119를 불러야 하나?'

영희는 철수를 붙잡고 물었다.

"병원 갈까? 119 불러?"

"막내 좀 불러."

"막내? 서방님?"

시동생에게 전화를 거는 영희의 손끝이 떨렸다.

'이게 뭐야? 내 손이 왜 이러지? 블랙아웃? 번아웃? 암전인가? 탈진인가?'

수만 가지 생각과 더불어 영희의 가슴이 심하게 뛰기 시작하면서 다리가 후들거렸다.

"빨리 좀 와 주세요. 형이 이상해요."

철수가 전화기를 달라는 손짓을 했다. 영희는 얼른 남편의 손에 핸드폰을 쥐어주었다.

"나는 괜찮아. 네 형수랑 최네 집 좀 다녀와."

병원에 가자고 동생을 부르나 했더니 영희를 데리고 최의 집에 다녀오란다.

"당신도 같이 가자."

영희는 최의 집에 안 가볼 수도, 남편을 혼자 두고 갈 수도 없었다. 결국 세 사람은 같이 최의 집을 향해 나섰다. 최의 집으로 향하면서도 영희는 쉬지 않고 최에게 전화를 걸었다.

'제발 받아라. 제발 받아서 남편이 아파서 병원에 간다, 잘 부탁한다는 내 말을 좀 들어줘라.'

철수가 핸드폰을 쥔 영희의 손을 잡았다.

"그만둬. 가보자."

영희는 가슴을 움켜쥔 남편을 싣고 이웃 마을에 있는 최의 집을 향해 달렸다. 잠시 후, 새로 지은 빌라와 원룸들 사이로 낡은 슬레이트 지붕의 집 한 채가 나타났다. 오래전에 아버지의 아버지가 이웃에게 터를 빌려 지은 집이라고 했다. 초가였다가 농촌지붕개량사업 때 갈아입혔다는 슬레이트가 버짐처럼 허옇게 바랠 만큼 오래된 집이었다.

집은 많이 낡고 헐어 있었다. 허물어진 담벼락을 끼고 마당으로 들어서니 마루 가득 어지러이 널려 있는 빈 물병과 잡동사니들이 눈에 들어왔다. 낡은 집에 허접한 잡동사니들. 보이고 싶지 않을 것 같은 남루요, 누추였다.

'이런 형편에 봉사라고?'

영희는 잠시 망설이다가 방문을 두드렸다. 아무런 기척이 없었다.

차라리 다행이란 생각이 들었다. 돌아서 나오려는데, 뒤틀려 아귀가 맞지 않는 방문이 삐걱 소리를 내며 열렸다. 그리고 열린 방문을 밀치며, 한 남자가 하품을 하면서 방문 밖으로 나왔다.

"누구세요?"

"저 최……."

"출근했는데요."

"언제요?"

"아까 출근했어요."

집으로 차를 돌렸다. 옆자리에 앉은 철수의 숨소리는 점점 더 거칠어지고 있었다.

"여보!"

얼굴을 찌푸린 철수가 자신의 가슴을 두 손으로 부여잡고 괴로워하고 있었다.

"병원으로요."

영희가 소리쳤다.

"집."

철수가 쥐어짜는 소리로 집을 외쳤다.

"병원으로 가자."

"집."

"최 안 와. 아니, 오건 안 오건 상관없어. 병원으로 가요."

"공황발작……."

의사의 말이 끝나기도 전에 영희가 주저앉았다. 철수가 누워 있는 응급실 침대 난간을 움켜잡고 의사를 올려다보며 물었다.

"입원해야 하나요?"

정신병원에? 라고는 차마 묻지 못했다.

"아뇨. 한숨 주무시고 나면 호흡곤란이나 가슴의 통증은 사라질 것입니다. 환자분 깨어나시면 처방전 드릴 테니 약 타서 챙겨 드시게 하고, 안정을 취하게 하십시오. 모든 병은 스트레스가 원인이란 건 알고 계시죠?"

영희는 약국에서 받아든 약봉지를 들고 철수의 옆자리 자동차 뒷좌석에 앉았다. 철수도, 영희도, 시동생도 입을 굳게 다문 채 말이 없었다.

공황장애. 스트레스.

영희에게는 낯선, 새로운 적의 이름이었다. 낯선 적과의 괴로운 싸움을 앞둔 그녀의 가슴은 떨고 있었다. 이건 남편의 발작 때문만은 아니었다.

삭막한 사막의 오아시스일지도 모른다고 믿었던 최가 반란을 일으켰다. 그렇다. 오아시스의 반란이었다.

9 / 또 다른 반란

"나, 이발소에 좀 갔다 올게."

영희를 따라 차에서 내린 철수가 말했다. 영희는 그러라고 했다.

'그래. 심란할 땐 머리칼이라도 가지런한 게 좋지.'

영희는 이발소를 향해 걸음을 옮기는 철수의 뒷모습을 바라보았다. 언제 저렇게 짜부라졌을까? 축구공처럼 통통 튀어 감당이 안 되던 저 남자가 공황장애라니. 가슴이 녹아 촛농처럼 흘러내리는 것 같았다.

"떡집에 계셔 주세요. 저쪽 가게 좀 들여다보고 올게요."

떡집을 시동생에게 맡기고 쌀국숫집을 향해 걸음을 옮겼다. 쌀국숫집에 도착하니 최의 모습은 보이지 않고 최가 주문한 식자재들이 입고되어 쌓여 있었다.

'무슨 뜻이지? 미리 작정을 한 건 아니란 뜻인가?'

이런저런 생각들이 영희의 머릿속을 헤집었다. 오늘 이 사태를 작정했다면 이 많은 식자재들은 왜 주문을 넣었을까? 나 없이 너 혼자 잘해 보라는 뜻인가? 그것도 아니면 이 식자재들을 주문한 토요일까지는 그만둘 생각이 아니었다는 뜻인가? 생각을 하던 영희는 생각을 그만두기로 했다. 더 이상 최의 뜻 따위는 중요하지 않다는 생각 때문이었다. 그녀는 탁자에 앉아 문자를 넣기 시작했다.

월남선생 직산점은 3월 31일자로 영업을 종료합니다.
그동안 수고하셨습니다. 계좌번호를 알려주시면 3월분 급료를 정산해 드리겠습니다.

영희는 작성한 문자를 최와 박에게 동시에 전송했다. 그리고 벽에 걸린 달력을 뜯고 매직을 찾은 다음 뜯어낸 달력 뒷면에 '개인사정으로 휴업합니다'라고 썼다. 스카치테이프를 찾아 달력에 쓴 글씨가 잘 보이도록 출입문 유리에 붙이고 문을 잠갔다.

문을 잠그는 영희의 마음은 착잡했다. 일억을 투자한 가게였다. 무려 일억을. 그녀는 고개를 도리도리 흔들며 가슴에 손을 얹고 주문을 걸었다.

'그래, 지금은 내 남편 철수만 생각하자.'

"아악!"

출입문을 열고 떡방앗간 안으로 들어서던 영희의 입에서 비명이 터져 나왔다. 삭발을 한 철수가 의자 위에 좌불상처럼 앉아 있었다. 영희는 철수에게 물었다.

"다, 당신. 왜 이래?"

너무 놀라 말이 잘 이어지지 않았다.

"죽으려고."

"뭐?"

"죽고 싶어서."

"뭐라고?"

"나 정말 죽고 싶어."

또 다른 반란이었다.

"죽고 싶어. 영희야. 나 좀 죽게 해줘."

"왜 이래? 당신 정말 왜 이래? 당신 말해 봐. 정말은 보고 싶은 거지? 형이랑 아버지가 보고 싶은 거지?"

"내가 보고 싶다고 오냐. 뒈진 놈들이."

"그니까 보고 싶은 거구나."

"죽도록 미운데 죽도록 보고 싶다."

"보고 싶은데 왜 죽고 싶다고 그래? 사람 놀래게."

"보고 싶은데 볼 수가 없으니까. 죽어서라도 보고 싶어서."

"죽고 싶다고 하지 말고 보고 싶으면 보고 싶다고 말해."

"보고 싶다. 형 그 개새끼가 너무너무 보고 싶어. 보고 싶어서 죽고 싶어."

한바탕 난리를 치르고 사월의 두 번째 날이 밝았다. 영희는 남편 철수를 향해 말했다.

"여행갈까? 우리 여행해 본 적 없잖아."

"왜? 많이 돌아다녔지. 나, 큰형 따라서 전국 남한 일대 안 가본 데가 없고, 큰형 피해서 도망 안 가본 곳이 별로 없어. 안 맞으려고 도망 다니고, 도망갔다가 잡혀 오면 더 많이 맞았지."

"족제비 잡으러 전국을 누비고 다녔다고? 그건 여행이 아니잖아."

"한데 잠에 이골이 났었지. 짚동가리 속에 숨어 자다가 간첩으로 몰려 조사도 여러 번 받았어. 어떻게든 살아보겠다고 도망도 많이 다녔지. 근데 말이야. 이상한 건 죽자고 도망을 쳐 숨었는데도 큰 형이 귀신처럼 찾아오더라."

"어떻게 알고?"

"일 좀 시켜달라고 하면 주인들이 이것저것 캐물어. 사고치고 도망 나온 거 아니냐? 고아냐? 등등. 쫓겨나지 않으려고, 그렇게 해야 있게 해줄 것 같아서 집 주소 대고, 전화번호 대면서 전화해서 물어보라고 했지. 나 절대 나쁜 놈 아니라고. 등신이었지, 내가. 후후 참 희한하게도 그때 그 시절에 우리 집엔 전화가 있었어. 엄마가 큰아들인 형에게 할 말이 많았던 모양이야."

그때였다. 영희의 핸드폰에 진동이 온 것은. 문자 알림이었다.

시간되면 보시죠.

최에게서 온 문자였다. 영희는 잠시 생각하다 핸드폰 자판을 두들겼다.

12시 반쯤 커피숍 이데아에서 봅시다.

최와 박에게 문자를 보낸 영희가 철수를 보며 입을 열었다.

"나 농협에 가서 돈 찾다가 두 사람 정산해 주려고 해."

"정말 그만두려고?"

"응."

"최는?"

"지금은 당신 생각만 하자."

"좋은 놈이야."

"나쁜 사람이라고는 생각 안 해."

"한 번만 더……."

"알아서 할게."

"그래도."

"일억이나 처들였는데 이렇게 그만둔다는 건 말이 안 된다는 거 알아. 하지만 안 하겠다는데 도리 없잖아."

"영희야."

"내가 최를 버린 게 아냐. 최가 나를 버렸다고. 우리를……. 말려 봐야 소용없는 세 가지가 뭔지 알아? 바람난 마누라, 마음 떠난 미싱사, 곤조 부리는 주방장."

그리고 또 하나, 죽겠다는 놈이라고 말하고 싶은 것을 영희는 참았다. 그녀는 그저 나는 넷 중 하나인 죽겠다는 놈을 지켜야만 한다고 생각하고 있었다. 그러나 그런 그녀의 속도 모르고 철수는 최를 두둔

했다.

"최, 그런 놈 아냐."

"고생들 하셨습니다."

영희가 최와 박에게 봉투를 건네주고 이데아를 나와 남편이 있는 떡집으로 돌아오는 길이었다. 노랗게 피어오른 아지랑이가 눈앞에 일렁거리고 가슴속에선 펌프 물 빠져 내리는 소리가 났다. 그 어떤 마중물로도 다시는 길어 올릴 수 없을 것 같은, 그런 소리였다.

쌀국숫집은 문을 닫았고 남편 철수는 많이 아프다. 영희는 스스로에게 말을 걸었다. 이겨낼 수 있을까? 어깨를 펴자. 고개를 들자. 그런데 왜 이렇게 눈앞이 흐릿하지? 뭐야? 우는 거야? 바보같이. 저도 모르게 흘러나오는 눈물을 쳐내듯 닦아내며, 그녀는 스스로에게 말했다.

"영희야. 울면 안 돼."

그때였다. 누군가의 목소리가 영희의 뒷덜미를 잡은 것은.

"어머! 지금 바쁜 시간 아니에요?"

그랬다. 식당에, 떡집에 있어야 할 시간이었다. 조영희를 아는 사람이라면 누구나 의아해할 모습이었다. 그녀는 이 시간에 이 길을 휘청휘청 걷고 있어서는 안 되는 사람이었다.

"아! 네."

영희가 대충 얼버무리며 벗어나려는데, 이 손님 참으로 자상도 하시다.

"어머나! 어디 편찮으신 거 아녜요? 얼굴이 너무 창백해 보여요."

"아! 네."

'별일 아닙니다. 별일 아니에요.' 하고 말하려 했지만 입은 떨어지지 않고, 웃어 보이려고 입꼬리를 올려 보았더니 뻣뻣하게 굳어진 근육들이 찌그러지면서 고통스럽게 보인 모양이다.

"아휴. 이를 어째? 많이 안 좋으신 모양이네. 어서 병원에 가보세요. 어쩐지 무리하신다 했어요."

"네."

"꼭 병원 가세요. 꼭요. 병원부터 가세요. 꼭요."

"네."

쫓기듯 다시 길을 걷는데 박에게서 문자가 왔다.

아저씨랑 얘기해 봤는데 아저씨도 그만둘 생각은 아니었다는데 소통에 문제가 있었던 것 같아 안타깝네요.

그만둘 마음이 아니었으면? 그만두겠다고 해놓고 그만둘 마음이 아니었다니? 박은 이해하는 최의 말을 나만 못 알아들었다고?

영희는 뭐라 답을 적으려다 그만두기로 했다. 이제는 굳이 이해하려는 노력을 하고 싶지가 않았다. 그녀는 그저 맞닥뜨리게 된 지금이, 이 상황이 스스로에게 망신스러웠다.

바람을 피우다가 들켰어도 이보다는 덜 우세스러울 것 같았다. '어떻게 내가 망해? 최 때문에 내가 망해? 민석이를 보내고도 버텨온 내

가. 철수도 견딘 내가 어떻게 최 때문에 망해? 어떻게 내가 망해? 망신스럽고 모양 빠지게.'

영희는 몰려오는 생각을 떨쳐내기 위해 철수에게 보약을 먹이기 전 한의사를 떠올렸다. 남편 철수의 우울증에 대해 언급했던 한의사의 목소리를.

"혼자 두지 마시고 기분전환을 하도록 애써 보세요. 운동을 하면 좋은데 운동이 힘들면 가벼운 산책도 좋고요."

그때 그 한의사 말을 귀담아들을걸. 지금은 부질없는 후회보다는 남편 철수에게 내려진 대학병원 의사의 처방이나 잘 지키는 게 필요한 때라고 영희는 스스로를 달랬다.

10 / 꿈은 사라지고

영희가 눈도 떼지 못하고 곁에 붙어 있음에도 철수는 여전히 밥맛없어 하고 기운 없어 했다. 그런 철수를 보는 영희의 마음은 침울했다.

'한약은 효과가 나기까지 시간이 걸린다고 했으니 영양제를 놔줘볼까?'

떠오른 생각에 남편 철수를 데리고 영희는 즉시 몸을 움직여 병원으로 상담을 나섰다.

"당뇨환자도 영양제주사 맞을 수 있나요?"

"포도당을 뺀 주사 맞으면 돼요."

영양제를 주사하기 전 당 체크를 끝낸 의사가 영희를 불렀다.

"도대체 사람한테 뭘 먹이면 이 지경이 됩니까?"

"무슨……."

"뭘 먹였기에 잘 조절되던 당이 이렇게까지 올랐는가 말입니다."

"보약……."

"보약요? 보약을 왜요?"

"밥도 잘 안 먹고 기운 없어 하기에."

"물어보셨어야죠. 상의하셨어야죠. 어쩔 겁니까? 당 수치가 자그마치 380이에요."

"그럼 어떻게 해요?"

"진즉에 물었어야죠. 이 지경 만들기 전에요. 소견서 써 드릴 테니 입원실 있는 병원으로 가십시오."

"대학 병원요?"

"네. 그러십시오."

하얗게 표백된 머릿속에 물결을 타고 반짝이는 햇살 같은 아지랑이가 일렁거렸다. 눈앞이 아찔해져 빈혈인가 하는 생각이 들었으나 지금은 자신의 몸을 살필 때가 아니었다. 그렇게 영희는 철수를 데리고 대학 병원으로 향했다.

"다행히 입원하실 정도는 아닌 것 같습니다. 집으로 돌아가서서 처방해 드린 약 드시면서 물을 많이 드시게 하십시오. 입원하시면 수액 주사로 혈당을 떨어뜨리는 처치부터 하게 되는데요. 물 많이 드시고 소변으로 배출해 내십시오. 운동으로 땀을 좀 흘려주면 더 효과적이고요. 보약을 드셨다니 한동안 고생할 겁니다."

'내가 철수에게 독약을 먹였구나, 이 남자 철수 잘못되면 나는 영락없는 살인자구나.' 영희의 마음이 무너져 내렸다.

"보약이 그렇게 나쁜 건가요?"

"보약이 무조건 나쁘다는 게 아니라 당이 오를 때 보약을 먹이면 당은 더 오르고 기운은 더 떨어지게 됩니다. 위험할 수도 있어요."

집으로 돌아오는 길에서 영희는 철수의 손을 잡았다.

"미안해. 하마터면 나 때문에 죽을 뻔했대."

"그대로 죽어 버렸으면 좋았을걸. 최가 나를 살렸네."

"살리긴. 죽일 뻔한 거지."

"집에 같이 가니까 좋다."

"응?"

"병원에 나만 남게 될까 봐 겁났었거든. 나는 혼자 있는 게 너무 무서워."

"입원시켜 놓고 나 혼자 집에 갈까 봐?"

"당신은 장사해야 하잖아. 엄마처럼."

"엄마처럼?"

"그래, 엄마처럼."

다음 날, 방앗간에 있는 영희를 본 손님들이 고개를 갸웃거리며 물었다.

"쌀국숫집 안 가?"

"네."

"왜? 제법 되는 것 같드만."

"남편 몸이 많이 안 좋아요."

"왜? 어디가 안 좋은데?"

"마누라가 약을 잘못 먹여서 탈이 났대요."

"왜? 무슨 약을 어떻게 잘못 먹었기에?"

"당뇨환자한테 보약을 먹인 게 잘못됐나 봐요."

"아이고 이 사람아! 똑똑한 사람이 어쩌자고 그런 실수를 하나. 당뇨환자한테 보약은 사약이나 다름없다더구만."

"몰랐지요."

"아, 그럼 몰랐겠지. 알고 먹였으면 그게 어디 사람인가."

그랬다. 철수의 당뇨는 영희가 쌀국숫집 문을 닫게 된 좋은 이유가 되어 주고 있었다.

"진맥 안 했어?"

이야기를 듣고 달려온 성자가 물었다.

"했어."

"당뇨환자란 얘기 안 했어?"

"했어."

"당뇨환자란 얘기도 하고 진맥을 했는데 사람을 잡아? 어디야? 어떤 돌팔인지, 그걸 가만둬? 사람이 저 지경이 됐는데 그냥 넘어갈 거야?"

"전에도 그 한의사가 지어준 보약 먹었지만 아무 일 없었어. 저 사람 체질에 문제가 생긴 거야."

"그래도……."

"아니라니까. 일 크게 만들지 마. 저 사람 쉬어야 돼. 스트레스받으면 당 더 올라간대."

결국은 모두가 자신 탓이다. 바로 나 조영희, 오롯이 내 탓이다. 일억을 날리고 남편을 넘어뜨리고 모양 빠지고 쪽팔렸다. 영희는 생각했다. 동네 호사가들 나 때문에 심심치는 않겠다. 그녀는 그렇게 남몰래 스스로를 책망했다. 자신은 실패하지 않는다는 자신의 자신감이 자신을 망친 셈이다.

"쌀국숫집 문 닫았어?"

진아가 물어왔다.

"응."

"아저씨는 어쩌고?"

"내가 그 아저씨를 버린 게 아니라 그 아저씨가 나를 버렸어. 내가 버림을 받았어. 애비나 딸년이나 내 걱정은 안 하고 최 걱정만 해."

"그 아저씨에게 좋은 일이었으면 좋겠다 했지."

"왜 그 아저씨에게만 좋은 일이어야 해? 나한테도 좋은 일이어야지."

"엄마한테는 남아 있는 게 많잖아."

"남아 있는 게 뭔데?"

"방앗간도 있고, 남편도 있고, 딸도 있고, 아들도 있잖아."

"남편은 병들어서 죽고 싶다고 난리고, 자식들은 최 걱정이나 하고, 나한테 남아 있는 게 뭐가 있어?"

"처음 겪는 실패라 힘들구나?"

영희는 가만히 딸 진아가 한 말을 생각했다.

'처음 실패라고? 네 눈에 그렇게 보여? 늘 잘 이기고 있는 것처럼? 나, 사실은 하루도 실패를 경험하지 않고 지나간 날이 없었어. 주차장이 사라지고 손님들이 주차장을 따라 떠나고 새로운 정류장이 생기고 정류장을 따라 떠나간 사람들은 돌아오지 않고 성공했다고들 하지만 제 길을 찾아 떠난 자식들 역시 돌아오지 않고⋯⋯.'

최로부터 문자가 온 것은 그로부터 얼마 지나지 않아서였다.

재료 소진시까지만 영업을 계속할 순 없을까요? 어떻게든 마무리할 수 있게 해주셨으면 좋겠습니다.

상의를 했었다면 마무리할 기회가 왜 없었겠는가. 주방을 책임질 다른 사람을 구할 때까지, 가게를 운영할 다른 임차인을 구할 때까지. 망하지 않고도 얼마든지 방법은 있었다. 여러 가지 방법이 있을 수 있었음에도 이 방법을 택한 건 최 본인이었다. 그래서 영희는 그에게 마무리를 맡기고 싶지 않았다. 그럴 생각이 들지 않았다.

'재료 소진시까지라고? 찌질하고 남루하게 망해 가자는 거로군. 한 칼이 아니라 바늘로 콕콕.'

영희는 최에게 답장을 보냈다.

남편과 딸이 염려를 하니 운영을 해보시겠다면 통째로 넘겨 드리겠습니다. 아무런 단서나 조건 없이. 그러나 재료 소진시까지라는 문항에는 동의할 마음이 없습니다.

머릿속에 선비를 들어앉혀 놓고, 언젠가 떠날 서울 사람이 되어 마음을 반만 열고 살아보겠다는 사람. 영희는 그 사람을 향해 손을 내밀고 싶진 않았다. 딸과 남편이 그 때문에 마음 아파할 것이 마음 아팠지만. 그런데 최 그 사람, 뭘 두려워한 걸까? 뭐가 두려워 그런 결정, 그런 태도를 보인 걸까? 그 하나가 궁금하기는 했다. 꿈이 사라지니 비루한 궁금증이 등장했다. 무슨 상관이냐는 의미로 영희가 머리를 흔드는데 문자가 왔다.

알겠습니다. 행복하십시오.

모르고 나쁜 짓은 할 수 있어도 아는데 나쁜 말은 할 수 없는 사람……. 최, 그의 문자였다.

3부

박제의
시선으로
보다

1 / 자연인 철수

철수는 여전히 텔레비전 앞에 앉아 있었다. 쌀국숫집은 문을 닫았지만 살림과 방앗간 일로 몸이 열 개라도 모자랄 만큼 바쁘게 움직이는 영희는 아랑곳하지 않는 듯했다. 그가 보는 프로그램은 '나는 자연인이다'였다. 오직 텔레비전 앞에만 앉아 있었다. '나는 자연인이다'를 보면서. 화면 속 남자가 철수를 향해 말하고 있었다.

"병원에서 치료불가 판정을 받았습니다. 좋아하는 산에 가서 죽겠다는 각오로 들어왔지요. 삼 개월 시한부 판정을 받고 산으로 들어왔는데 산에서 살다 보니 이렇게 건강해져 버렸다니까요. 오 년 만에 담당 의사를 찾아가 검진을 받았는데 아직 살아 계셨느냐며 깜짝 놀라더라고요. 자연이 날 살렸죠. 의사선생님도 연구해 볼 가치가 있는 사례라고 하더라고요."

"행복합니다. 십억을 주면 자연을 포기할 수 있느냐고요? 아니오. 안

합니다. 나는 자연 속에 사는 지금이 너무나 행복합니다."

"내 손으로 농사지은 콩으로 내가 담근 된장입니다."

"내 손으로 키운 배추로 내가 담근 묵은지입니다."

"내 손으로 만든 연못엔 우렁이도 있고 가물치도 있어요."

"벽돌을 직접 찍으셨다고요?"
"네. 그럼요."
"아궁이도 직접 만드시고요?"
"그렇다니까요."

"재밌어?"
영희가 물었다.
"몰라."
철수가 대답했다. '자연인'은 사회나 문화에 속박되지 않는, 있는 그대로의 사람을 말한다. '사회'는 같은 무리끼리 모여 이루는 집단을 말한다. 영희는 철수를 보며 생각했다. 그는 자연인으로 살고 싶은 것인가? 저 사람을 자연으로 보내 주면 죽고 싶다는 생각을 안 하고 살려나? 텔레비전에 나온 자연인들의 말을 들어 보면 자연인의 필수 덕목은 '자력갱생'인 것 같은데 저렇게 앉아만 있는 철수가 자연인을 할 수 있을까.

"외롭지요. 외롭습니다. 외로움을 이기기 위해 낮에는 돌담을 쌓고 밤에는 그림을 그립니다. 그립지만 볼 수 없는 사람들을 그립니다. 볼수는 없으니까, 이렇게 변했겠지, 이런 모습으로 살아가고 있겠지, 상상하면서 그리는 거죠."

자연인이 되면 철수는 최에게까지 버림받은 기억에서 자유로워질까 하는 생각 한 자락, 정말로 자연인은 자유로울까 하는 의구심 또한 자락이 영희의 머릿속을 맴돌았다. 영희는 자연인 철수를 심각하게 고려해야 할지도 모른다고 생각하니 가슴이 답답했다. 답답한 가슴을 어쩌지 못해 문을 나서려던 영희가 황급히 몸을 돌렸다.

저만치에서 한 남자가 걸어오고 있었다. 그랬다. 바로 최가 이쪽으로 걸어오고 있었다. 귀에는 이어폰을 꽂고 시선은 앞을 향해 내리꽂은 채였다.

영희의 가슴이 마구 쿵쾅거렸다. 아직 그와 마주할 자신이 없었다. 그녀는 아직 아무렇지 않게 최를 향해 "안녕하세요! 요즘 잘 지내요?" 하고 안부를 물을 자신이 없었다. 쌀국숫집을 닫게 된 것이 최의 탓이 아니라고 믿기로 했으면서도, 최를 향한 노여움까지 버려지지는 않았다. 영희는 쿵쾅대는 자신의 가슴을 나무라기 시작했다. 남편 철수를 자연으로 보낼 배포도, 최를 향한 노여움을 날려 버릴 용기도 없는 그녀를 대신해서.

'너까지 왜 이러니? 조용히 해. 조용히 하라니까. 최는 곧 지나갈 것이고 남편은 곧 일어날 거야. 그러니 잠잠히 기다려. 조용히 하란 말이야.'

투덜거리는 자신의 심장을 엄하게 꾸짖어 달래던 영희가 텔레비전으로 고개를 돌리니 자연인이 생라면에 석청을 찍어 먹고 있었다.

"끓여서 먹지. 저 사람은 왜 생라면을 먹는대?"

"생라면 씹어 먹고, 눈 한 움큼 집어 먹고, 그렇게 끼니를 때우고 짚동가리를 파고들어 누우면 이빨에서 딱딱 소리가 났어. 너무 추워서 이빨 부딪치는 소리가 났다니까."

영희는 철수 모르게 고개를 가로저었다. 자연인……. 안 되겠다. 철수에게 자연은 파라다이스로 가는 로망이 아니라 옹이로 각인된 고통이구나.

"상엿집에서 자고 나오려는데 누가 뒤에서 잡고 안 놔주는 거야. 상엿집이니 귀신인가 했어. 그래서 울면서 빌었지. 다시는 족제비 안 잡고 상엿집에도 안 들어올 테니 제발 살려달라고. 밤새 빌다가 날이 밝아오니까 겁이 나더라."

"날이 밝아오는데 겁이 났다니? 왜?"

"형들이 날이 밝아 사람들 눈에 띄면 안 된다고 했거든. 덫이랑 족제비를 도둑맞으면 죽이겠다고 했거든."

"귀신보다 형들이 더 무서웠다는 거야?"

"형들한테 두들겨 맞느니 귀신한테 잡혀 가 죽는 게 낫다고 생각했지."

영희는 생각했다. 자연인······.

"자! 자! 자연인은 좀 이따가 다시 보고 장미 이발이나 하러갑시다."

"못해. 싫어."

"새로 난 가지가 늘어져 엉망이란 말이야. 이발시켜 줘야 돼."

"아! 몰라. 못해."

"새로 난 가지는 잘라줘야 내년에 꽃이 핀단 말이야."

"피든지 말든지 맘대로 하라고 해. 난 싫어."

"당신이 못하면 내가 해?"

"하든지 말든지."

"장미 이발하러 오라고 학교 선생하는 아들 불러?"

"부르든지 말든지 알아서 해. 나 좀 귀찮게 하지 말고."

"좀 잘라줘. 장미나무 이발시켜 줘."

단호한 거절에도 영희의 요구가 거듭되자 철수가 자리에서 벌떡 일어섰다. 그리고 문 쪽으로 걸어 나가며 영희를 향해 외쳤다.

"너, 후회하지 마."

문을 열고 붉고 탐스러운 꽃송이들을 주렁주렁 매달고 있는 넝쿨 장미를 향해 걸음을 옮기던 영희가 '악' 하는 비명소리와 함께 주저앉았다. 한 손에 톱을 들고 다른 한 손에 밑동까지 잘라낸 장미나무를 든 철수가 씩씩거리며 서 있었다.

'이게 대체 무슨 짓이야? 장미나무가 당신한테 뭘 잘못했다고 이런

만행을 저질러? 오월 내 피를 토하듯 붉은 꽃송이를 쏟아내면서도 당신한테 물감 한 방울 청구한 적 없는 장미나무한테 이게 무슨 행패야?'

주저앉았던 영희가 벌떡 일어나 철수에게로 달려갔다. 그리고 철수 손에서 비명횡사한 장미나무를 낚아채 거머쥐었다. 잘린 밑동에서 뻗어나간 가지들이 소리 없는 비명을 지르며 몸을 뒤틀었다. 장미 가지를 움켜쥔 영희의 손바닥에서 장밋빛 핏물이 배어나오기 시작했다. 영희는 그 피를 바라보며 생각했다.

'내가 또 이렇게 너를 죽이고 말았구나.

성자와 민석이는 제발 달중이네 패거리를 자극하지 말라고 말렸고, 급기야 용순이 때 겪어서 달중이 패거리들의 잔악함을 익히 알고 있다는 사장까지 나서서 원단 지키는 것도 중하지만 자칫 잘못 건드렸다가 더 큰 화를 당하기 십상이라며, 그놈들은 우리네와는 종자부터가 다른 놈들이라고 말렸었다. 그 모든 경고를 무시하고 혼자 똑똑한 척 날뛰다가 민석이를 죽인 내가 오늘은 또 너를 죽였구나.

싫다는 철수를 들볶아 이 사달을 만들었구나.'

영희는 이미 잘려 버린 넝쿨장미나무를 가슴에 묻자고 다짐했다.

"왜?"

철수가 영희를 향해 분기어리고 의기양양한 목소리로 물었다.

"아냐. 철수 집 담장에 적을 둘 때 장미도 각오했을 거야. 그동안 우리 진아랑 정재 자라는 거 보면서 행복했을 거야. 장미 주제에 그만하면 충분했다고 생각할 거야. 잘했어."

영희가 씩씩하게 대답하면서 정작 내뱉고 싶은 말은 안으로 꿀꺽 삼켰다. 자연인은 개뿔…….

2 / 도마 소리

영희가 된장찌개에 넣을 파를 썰고 있는데 철
수가 모처럼 해맑아진 얼굴로 주방 안으로 들어왔다.

"왜? 목말라? 물 줘?"

"아니."

"배고프구나. 요즘 통 뭘 못 먹으니, 된장찌개는 먹으려나 싶어 끓
이는 중인데."

"도마 소리 땜에."

"왜? 도마 소리 땜에 깼어?"

"아니야. 나는 도마 소리가 듣기 좋아."

"안 시끄러워?"

"도마 소리가 나면 안심할 수 있었어. 엄마가 집에 있구나. 아직 집
에서 뭔가 만들고 있구나. 아직은 안심해도 되는구나. 엄마가 집에
있을 때는 형도 매질을 쉬었어."

"엄마가 집에 없을 때만 때렸구나."

"형도 엄마가 눈에 안 보이면 불안하댔어. 불안해 미칠 것 같다고 했어."

영희는 달래랑 무치려고 씻어 두었던 오이를 집어 반을 뚝 분질러 철수에게 내밀었다.

"먹을래?"

철수가 영희의 손에서 받아든 오이를 입에 넣고 씹자 '아사삭' 경쾌하고 맑은소리가 났다.

"상큼하네. 오늘 시장에 나온 건가 봐."

"같이 할래? 찌개 끓는 동안 이거 썰어 볼래?"

"나 칼질 잘해. 중국집에서도 있었거든. 형한테 잡혀 오지 않았다면 지금쯤 주방장이 돼 있을지도 몰라."

철수는 족제비 잡기, 아이스케끼 장사, 중국집 주방 심부름, 목부…… 기차 안에서 물을 팔다가 공안한테 들켜 뛰어내린 적도 있었다고 했다. 영희는 그런 그를 가만히 보며 생각했다.

'당신이란 사람, 그 너덜너덜한 이력으로 참 잘도 살아냈구나. 무엇 하나 제대로 할 줄 아는 것 없이 오늘까지.'

엄마가 집 안에 없다는 것을 확인하는 순간이 얼마나 끔찍하고 무서웠을까? 그제야 영희는 알 수 있었다. 그가 그녀의 바깥나들이를 한사코 막았던 것은, 아무 데도 가지 말고 자신 곁에만 있어 달라는 뜻이었다는 걸. 여자는 절대로 집 밖에 안 내보고, 같은 반찬이 두 번 상에 오르는 것을 용서 못하는, 그 괴팍의 유래가 거기였다는 걸. 영희는 그런 철수를 위해 다시 칼질을 시작했다. 그리고 칼질로 도마 소리를 내며 맘속으로 되뇌었다.

'매일매일 도마 소리를 들려줄게. 아프지 마라. 철수야. 안심할 수 있도록, 도마 소리를 들려줄게. 그러니 제발 아프지 마라. 철수야.'

영희는 성자랑 둘이 카페 이층 창가에 앉아 지나가는 사람들을 내려다보고 있었다.

젊은 남자 늙은 여자가, 아는 사람과 모르는 사람이, 유모차를 밀고 있는 젊은 남자 옆에 젊은 여자가, 지팡이를 짚은 늙은 여자가 그리고 이어폰을 꽂은 채 젊지도 늙지도 않은 남자 최가 지나가고 있었다.

'여전하구나.'

영희는 그를 보며 생각했다. 참 여전히 온화하고 여전히 느긋하고 여전히 태평하구나.

"영희 너, 괜찮니?"

성자가 영희에게 물었다.

'괜찮을 리가. 일억이 날아가고 남편은 주저앉았는데 너라면 괜찮겠니?'

영희는 성자의 말에 답했지만, 그 답을 입 밖으로 소리 내어 말하지는 않았다.

'저기 아는 친구가 지나가는데, 반갑다는 인사를 해야 하는데 목소리가 안 나오네. 창문을 열고 반갑다 친구야, 소리쳐야 하는데 몸이 안 움직여.'

말이 없는 영희를 지켜보던 성자가 말했다.

"가끔은 몸이 하는 소리에 귀를 기울여 봐. 몸이 하자는 대로 해 봐."

"성자야. 나, 괜찮아."

"알아. 조영희가 누군데? 괜찮지 그럼. 괜찮고 말고."

"철수가 도마 소리를 들으면 안심이 된대."

"알아. 그 얘긴 벌써 했잖아. 안다고. 그냥 커피 한 잔 같이 마시는 것뿐이야."

"너무 써."

"커피가 원래 좀 써. 우리네 인생처럼. 쓰지만 향기롭잖아."

"아니, 그냥 써."

"사람은 보는 거리에 따라 달라. 멀리서 볼 때와 가까이 볼 때, 일 미터 앞에서 볼 때와 백 미터 앞에서 보는 건 많이 달라."

"나이가 몇인데 아직도 향기를 믿니? 커피는 그냥 쓴 거야. 커피는 쓴맛이 그리울 때 마시는 거야. 인생을 각성하고 쓴맛을 알아야 할 때 마시는 거야."

"천천히, 천천히. 그 쓴 걸 왜 단숨에 마시려 드니? 더 쓰게 말이야. 힘든데 꼭 단숨에 뛰어넘을 필요 있어? 천천히."

단숨에 마셔도, 한 모금씩 천천히 마셔도 커피는 커피, 실패는 실패다. 단숨에 마시려던 커피잔을 내려놓으며, 영희는 중얼거렸다.

"사라지는 최의 뒷모습을 보니 확실히 알겠어. 내가 실패했다는 걸."

근래 아무것도 하지 않는 철수를 수발하며, 영희는 생각하곤 했다. 무엇이 나를 실패하게 했는가? 최? 어디선가 들은 것 같다. 친구란 나의 슬픔을 등에 진 자를 일컫는 말이라고. 남편 철수와 내가 가장 힘들 때, 아니 가장 힘들게 해놓고 떠났으니 친구가 아닌 것은 확실하다. 그렇다고 나쁜 사람? 그것도 아니다. 최, 그는 누구인가? 위기의 순간마다 나타나 남편 철수의 분노를 잠재우던 그는 누구인가? 늘 어디론가 가는 중이었고, 가다가 들른 사람이었고, 가다가 되돌아온 사람이었고, 가다가 소리를 들었던 그 사람 최는 누구인가. 그는 그저 다른 세상의 다른 사람이었다. 책임이라는 세금을 납부해 본 적이 없는 선비나라에서 온 서울 사람. 그럼 최가 아니면 무엇인가? 무엇이 나를 실패하게 했는가? 최를 분리하고 남편 철수의 당 수치를 들이대 보아도 실패는 엄연한 현실이다.

"성자야! 이상하지?"

"뭐가?"

"사람이 뭔가 하다가 망하는 데는 필연적으로 등장하는 게 있잖니? 나쁜 놈, 나쁜 년, 나쁜 사람. 근데 나한테는 그런 게 없어."

"미친년! 너는 사람이 죽을 때 암 안 걸리면 다 자연사하는 줄 알지?"

"암 사망률이 높은 건 사실이잖아."

"죽는 길은 여러 가지야. 빙판도 아닌데 넘어져서 뇌진탕으로 죽을수도 있고, 징검다리를 건너다 미끄러져 물에 빠져 죽을 수도 있고, 진드기에 물려 죽을 수도 있어."

"요즘 징검다리가 어딨냐? 그리고 나 망한 얘기하는데 갑자기 죽

176

는 길은……."

"망하는 거나 죽는 거나 다를 거 없어. 호랑이한테만 잡아먹히는 게 아니라 운 나쁘면 진드기한테도 먹혀."

"본사 사람들은 친절했고 배송을 맡은 회사직원은 성실했고 손님들은 유쾌했어. 질척거리는 거 하나 없었다니까."

"영희야. 좋은 사람은 해롭지 않다는 거 통념일 뿐이야. 아니, 좋은 사람에 대한 정의부터가 문제라고 봐. 좋은 사람은 나쁜 일 안 하는 놈이 아니라 책임지는 사람이란 뜻이야. 손에 피 묻는 거 싫어서 일찌감치 숨어 버리는 놈이 아니라 아랑곳하지 않고 책임지는 사람! 알겠니? 책임지는 사람은 늘 고되고 망하게 돼 있어. 너처럼."

"내가 좋은 사람이란 얘기니?"

"너, 말 더럽게 안 들어 처먹다가 매번 제 발등을 찍는 바보멍청이야."

"알아, 니가 말렸던 거. 달중이 패거리 원단 빼내는 거 막자는 것도 말렸고, 쌀국수 장사도 말린 거 알아."

"알면 뭐? 들어먹지도 않는데. 남자 복이 없는 건가. 사람은 좋은데 책임질 줄을 모르는 놈, 책임도 안 지고 착하지도 않은 놈, 책임도 안 지고 착하지도 않으면서 아프기까지 한 놈."

"야! 너 가. 니 신랑 기다려."

"왜? 나 보내고 남편 철수가 기다리는 집으로 돌아가 도마 소리 들려주려고? 도마 소리 듣고 안심하라고 열심히 도마 두들겨 주려는 거야?"

그럴 것이다. 책임질 줄도 모르고 착하지도 않으면서, 아프기까지 한데다 구박까지 하는 남편이지만 자신은 도마 소리를 내야 한다고 영희는 생각했다. 도마 소리를 내 철수가 안심하게 해야 한다고. 그렇지만 지금은 그보다 먼저 물에 담가둔 난을 꺼내러 갈 시간이었다.

"춘란? 이 경황에?"

성자가 어이가 없다는 듯 물었다.

"왜? 망한 년은 난도 키우면 안 되니?"

"강아지도 키우지 그러냐. 품종대로."

"강아지? 그게 도마 소리보다 효과적이려나?"

성자가 쯧쯧 혀를 찼다. 무슨 짓을 해도 별수 없는 이철수 마누라일 수밖에 없는 안쓰러운 년! 이라고 말하려는 듯.

3 / 오르막이 끝나, 날겠다고?
그 꿈, 원래 내 것이었어

"교육 가셔야죠."

"나는 저……."

"같이 가요."

"우리 집 이가……."

"가게 앞으로 갈게요."

여인의 전화를 끊으며 영희는 생각했다. 심심한가? 넘치게 사람 많을 텐데. 사람들은 잘 되는 사람 기가 막히게 잘들 알아보잖아. 누가 잘 나가는지, 커피 한 잔을 마셔도 누구랑 마셔야 폼이 나는지, 너무나 잘 알거든. 궁금한가? 실패한 사람의 꼬락서니가 궁금해서 확인하고 싶은가? 일억을 날리고 남편을 주저앉힌, 모양 빠진 내 꼴을 기어이 보고 싶은 것인가?

"가게를 하나 더 냈다면서요?"

영희는 조금 전 전화했던 여인에게 그녀가 들은 소식을 던졌다. 여인은 영희처럼 떡집을 하는 사장이었다.

"아! 별거 아녜요. 세금 때문에. 사업자를 둘로 나누다 보니 새 이름이 필요해서. 어차피 같이하는 거 아들 이름으로 간판 하나 더 달게 된 거죠, 뭐."

'좋겠네요.'

영희는 자기도 모르게 뱉어질 뻔한 말을 꾹 참았다.

"지금도 떡해서 동네 노인정마다 돌아요?"

"가끔 한 번씩 들르죠."

"아파트관리실이랑, 부녀회장들도 찾아다니고?"

"바뀔 때마요. 지속적인 게 좋잖아요. 평소에는 문자로 해요. 단체알림문자요. 회원명부 작성해 놓으면 좋아요. 요즘 바쁘세요?"

"그럼요. 남편에게 퇴짜 맞은 밥상도 다시 차려야 하고, 양말도 찾아 대령해야 하고, 다음 끼니 상에 올릴 새로운 반찬거리 걱정도 해야 하고요."

"바깥 사장님께서 까다로우시구나."

"내 남편은 소중하니까요. 그쪽은 바쁘죠?"

"그럼요. 우린 계절을 별로 안 타요."

"좋으시겠어요. 하긴 이미 기업이니까 뭐."

"떡 교육요. 우리 집에서 할 수 없냐고 묻는데 내가 싫댔어요. 시간이 좀 있는데 가다가 어디 좀 들렀다 가도 되죠?"

'그래. 남의 차 얻어 타고 가는 주제에 안 되면 어쩔 건데.'

"그러세요."

미장원 앞에서 내려 떡 한 팩을 들이민다.

"여기까지 오는 길에……."

"아! 뭐."

'새삼스럽기는.'

떡을 받아든 미장원 원장이 가위를 손에 든 채 빠이빠이를 했다.

"잠깐만 기다리세요."

이번엔 목욕탕이다.

"목욕탕에서 미숫가루 단체 주문이 들어와서요."

미장원, 목욕탕, 동네 노인정, 아파트관리실, 부녀회장…… 사람 모이는 곳을 귀신같이도 파고든다.

"모임이 열두 개라니까요. 여성회관, 노인회관, 병원요. 이 떡은 병원에서 먹어 보고 주문을 했더라고요."

오늘 교육은 이걸로 충분한 거 같다. 모임에서 만나고 기회 닿을 때마다 들여다보고 챙기니 잘 될 수밖에.

"시내 손님이 많네요."

"우리가 원래 여기서 나고 자랐어요. 일가친척들이 안 낀 데가 별로 없고요. 우리가 아는 사람은 다 우리 영업 사원이라고 보시면 돼요. 우리 시댁이 원래 시내에서 떡방앗간하셨고요. 하루에도 두서너 번은 시내를 돌아야 해요. 우리 아들이 힘들어 죽는다잖아요. 우리 집 손님 대부분이 시내 손님이에요. 시골은 철을 타잖아요. 시내는 그런 게 없어요. 먹고 싶으면 언제고 먹는 거죠. 식사대용으로 대놓고 먹는 분들도 있어요. 그래서 우린 놀 틈이 없어요."

'좋겠다.'

철수도 그 동네에서 나고 자란 사람인데 나도 철수에게 그런 걸 기대했었는데 나는 안 됐는데 너는 되니 좋겠다 생각하는 영희였다.

"힘 안 드세요?"

"아뇨. 난 재밌어요. 떡 만드는 것도 재밌고 사람들 만나는 것도 재미있어요. 남편과 아들도 열심히 하고요."

'좋겠다. 정말로.'

여자는 집밖에 안 내보내는 가풍 때문에 운전도 못 배우고, 주부대학도 못 가고, 이런저런 모임에도 못 끼었다. 그렇게 영희는 사회로부터 밀려나고 있었다. 조금씩 조금씩.

떡집이니 맛있는 떡 만들어 놓으면 성공 못할 이유는 없다고 믿었었다. 순진했다. 왕복 네 시간씩 전철을 타고 육 개월을 서울로 떡 공부하러 다녔다. 우리나라 마지막 수라간 상궁을 찾아 궁중음식을 배우고 한 꼬집을 계량, 수치화시켜 레시피라는 걸 탄생시킨 분, 무형인간문화제 일호 황혜성. 영희는 그분이 운영하는 궁중음식연구원 병과반을 수료 후 시험을 거쳐 수료증을 받은 졸업생이다. 그러나 이제 레시피로 승부하던 시대는 지났다. 더구나 떡이란 것은 더 그랬다. 떡을 이루는 기본 축은 쌀, 소금, 물이다. 기본 축에다 퓨전이라고도 하고 응용이라고도 하는 옷이 입혀지고, 그것들이 영업 전략이라는 날개를 달고 날아올라 시장을 주도한다. 몸에 좋다는 거, 새롭고 귀한 것, 전통적인 것, 몰라서 이 꼴이 된 게 아니다. 노력하지 않아 이렇게 된 것도 아니다. 열정이 없었던 것도 아니다. 그저 아는 것과 실행하는 것의 차이이다. 세상은 아는 사람들이 아니라 실행하는 사람들 편이기에.

"안 돼. 안 돼."

"싫어. 싫어."

"못 해. 못 해."

영희의 남편 철수는 그래도 되는 줄 알았기에 안 해도 못 해도 지켜질 줄 알았기에 그런 그를 보며 영희는 생각했다. 그리고 스스로를 다졌다. '아픈 사람이니까. 상처가 있는 사람이니까.' 하며. 그런데 세상은 아픈 사람이 아니라 잘하는 사람, 잘하되 기분 좋게 잘하는 사람, 보고 있으면 기분이 좋아지는 유쾌한 에너지를 발산하는 쪽으로 기울고 싶어 한다.

'강의 시간 네 시간을 못 채우고 강연장을 빠져나오는구나.'

영희는 여인과 강연장을 떠나며 생각했다. 너는 밀려드는 주문 전화 때문에, 나는 왜 안 오느냐고 보채는 남편의 성화 때문에 고작 네 시간에 불과한 강의 시간을 채우지 못하는구나, 하고.

'사는 거 참 엿같네.'

강연장을 나오던 영희가 피식 웃었다. 너도 웃는구나. 살아볼수록 살맛이 나는구나, 하는 얼굴로. 영희의 속을 모르는 여인은 영희에게 진심으로 미안하다며 사과를 했다.

"나 때문에 미안해서 어쩌죠?"

"김옥희 두텁떡, 나 십오 년도 전에 마스터했어요."

"그래요?"

"그분 그때도 유명했으니까요. 치즈찰떡은 거품기 사야 할 것 같고요."

"우리 아들을 그분한테 보내야 될 것 같아요. 보내서 직접 배워 오게요."

"내 옆에 앉았던 그 사장님이 쑥떡으로 유명한 그분이라네요."

"아! 그 떡요. 우리도 그 쑥떡해요."

"그분한테 배웠어요?"

"아뇨. 우리 집에 어떤 스님 한 분이 손님으로 오셨는데 그 사장님 얘기를 하시더라고요. 자기가 쑥떡 만드는 법을 얘기해줬더니 그대로 해서 대박 난 집이 있으니 한번 해보라는 거예요. 그래서 해봤는데 반응이 아주 좋아요. 요즘 우리 주문 들어오는 거 다 그거라니까요. 우리 신랑 그 쑥 다 뜯어 대느라고 엄청 힘들 텐데 신난대요. 그분한테 배운 건 아니고 그 집에 가본 적도 없지만, 그 떡은 우리도 해요."

'기회가 닿으면 절대 놓치지 않는다?'

그때 여인의 핸드폰이 울렸다.

"어! 버섯 좀 땄어? 그래? 조심하고."

전화를 끊고는 영희를 보며 말했다.

"남편이에요. 버섯이 생각보다 많다네요. 자고 오랬더니 늦게라도 오겠다고 하네요. 우리 남편은 귀찮게 하는 게 없어요. 밥도 자기가 챙겨 놓고 나 부르고 빨래도 빨아 널고 청소기도 잘 돌려요. 그런데도 남편이 없으면 왜 이렇게 편하죠?"

버섯이 오면 나눠 담은 버섯을 싣고 시내를 누비겠구나. '남편이 강원도에서 갓 따온 버섯이에요.' 하면서. 그리고 그 버섯을 받아든 사람들은, 주변에 누구 떡 먹을 사람 없나 찾아 소개하겠구나.

"소득은 있네요. 천안의 김옥희를 만났으니."

"왜 그러세요? 자제분들 잘 키워 놓으시고, 우리 아들은 태권도 선수였어요. 허리를 다쳐 운동 못하게 됐다는데 어쩌겠어요? 저는 힘들다지만 잘했다 싶어요."

"자식들 잘 키워놓으니 떠났죠. 손님들 떠나는 걸 보고 커서 그런지 훨훨 잘들 날아갔어요."

"부러울 게 없으시죠, 뭐. 나도 내 아들 운동 계속할 수 있었으면……."

"지금 그쪽, 예뻐 보여요."

"우리 잘 지내요. 언니처럼 모시고 다닐게요."

"고마워요."

'나도 고마워요. 내가 꾸던 꿈을 이루는 그대가 있어서. 그래서 세상은 아직도 아름다운가 봐요.'

영희는 씩씩한 그녀가 보기에 참 좋았다. 속없이 좋았다. 여인의 안에서 화알짝 피어오른 꿈을 훔쳐볼 수 있어서였다. 떡 판 앞에 선 당당하고 멋진 너, 너의 그 모습이 내 오랜 꿈이었다 생각하며.

4 / 최고서

"등기 우편?"

"네. 사장님."

"아! 동원 푸드?"

영희는 집배원이 건네주는 봉투를 받아들며 생각했다.

'맞아, 현실이었지. 그래. 현실에는 대가가 생략되는 법이 없지.'

영희는 봉투를 뜯어 꺼낸 종이를 펼쳤다. 최고서였다.

'후후 올 것이 왔네. 안 보여서 사라진 줄 알았던 적이 나타난 것 같은 당혹감.'

최고서

수신자:

발신자:

제목: 물품대금채무 이행(변제) 최고.

1. 귀하는 당사와 체결한 거래약정에 의해 발생한 물품대금을 정해진 지급조건에 따라 변제하여야 하나 모월 모일 현재 *******원의 미납대금이 존재합니다.

2. 이에, 당사는 정해진 지급조건에 따른 물품대금의 지급을 모월 모일까지 지급하여 주실 것을 최고하오니 아래의 계좌로 기한 내 변제하여 주시기를 당부드립니다.
   이미 납부하셨다면 본 내용은 무시하셔도 됩니다.

   (모모은행 *****-**-*******)

3. 만약 최고 기일까지 위 물품대금을 변제하지 않으실 경우, 당사는 부득이 당사의 규정에 따라 채권회수를 위한 담보청구 및 법적조치 등을 취할 수밖에 없음을 알려 드리며, 더불어 법적조치 시 이에 수반하여 발생하는 비용까지도 모두 귀하께서 부담하셔야 할 것입니다.

4. 따라서 귀하께서도 이러한 점 양지하시고 불미스러운 일이 발생하지 않고 원만히 해결될 수 있도록 협조 부탁드립니다.

모년 모월 모일

주식회사 *****

대표이사 ***

'잔고 없는 통장만 수두룩한데, 일주일? 어떻게 하지?'

잠시 생각하던 영희는 일단 사정이라도 해보자 싶어 고지서 아래 보이는 전화번호로 연락을 취했다.

"채권팀 ***님이신가요?"

"네."

"저 오늘 최고서 받았는데요. 제가 사정이 좀 생겨서……."

"그 사정을 제가 들을 이유는 없고요."

"아! 네. 제가 가진 돈이 조금 모자라서 부족한 액수 변제일자를 좀……."

"그런 얘기를 우리한테 하면 안 되죠. 우린 채권업무만 담당합니다."

"그럼 어느 부서에 알아보면 될까요?"

"영업 담당한테 물어보시던가요."

영희는 한겨울 동장군이라도 납신 듯한 채권팀 직원과의 전화를 마치고 영업팀으로 전화를 걸었다.

"시간을 얼마나 늦춰 달라는 건가요?"

"보름요. 십오일이면 다 해드릴 수 있어요."

"더 늦으면 안 됩니다. 십오일 이전에 끝내주세요."

"고맙습니다. 꼭 지키겠습니다."

영희는 영업팀과 그렇게 약속했고, 그 약속을 지켰다. ……아니, 최후 약속기일이 며칠 남았고 그 약속도 지킬 것이었다. 그런데 그런 그녀에게 또다시 불청객이 찾아왔다.

"사장님 등기 왔는데요."

"등기? 웬 등기?"

"서울보증에서 왔네요. 내용증명인 거 같은데요."

제목: 보험사고발생 안내 및 사실관계확인(요청)

1. 귀하(사)의 무궁한 발전을 기원합니다. 귀하가 **푸드를 피보험자로 하여 체결한 이행상판보험계약(증권번호: ***-***-***********)과 관련하여 피보험자로부터 보험금청구가 접수되었음을 알려 드립니다.

청구사유: 채무불이행

2. 귀하께서는 피보험자의 청구내용이 사실과 다르거나 청구내용에 대하여 이의가 있으실 경우 의견서를 제출하여 주시기 바랍니다.

3. 귀하의 의견 제출이 없는 경우, 우리 회사는 피보험자의 보험금청구에 대하여 귀하의 이의가 없는 것으로 간주하고 보상심사 절차를 거쳐 보험금을 지급하게 되며, 보험금을 지급하는 경우 종합신용정보집중기관인 한국신용정보원 및 신용정보회사 등에 대위변제, 대지급 정보를 등록하고 등록 후에는 동 기록으로 인해 금융상 불이익이 발생할 수 있음을 알려 드립니다.

4. 아울러 보험금 지급 시 보험계약과 관련하여 예치된 예금담보가 있는 경우에는 동 담보로 변제충당하며, 남은 채무액이 있는 경우 주계약자나 연대보증인은 동일한 입장에서 채무를 변제하여야 함을 알려 드립니다.

"분명 지급 일자를 늦춰 준다고 했는데, 사전에 동의까지 받았었잖아."

듣는 이 하나 없었지만 영희는 누구라도 들어주길 바라는 양, 혼잣말을 했다. 그녀는 한탄스러웠다. 지난날의 영희를 떠올렸다. 그녀의 말 한마디가 신용보증서와도 같던 그 시절을 생각했다.

'집도 땅도 없었지만 그때는 내 말이 통했었지. 일주일만 쓰고 갚아 드릴게요. 한 달만 쓰고 드릴게요. 내가 말하면 아무도 의심하지 않았고 아무도 거절하지 않았었는데.'

은행 돈을 빌려 쓸 처지가 되기 전 영희 삶의 목표는 무슨 일이 있어도 그 사람들의 믿음을 저버리지 않고 신용을 지키는 것이었다.

'그때는 내 말이 곧 신용이었는데, 안 된다고 했으면 어떻게든 갚았을 텐데 말이야. 그때도 안 받아본 내용증명이 날아들다니.'

네 탓이라는 듯 철수를 향해 고개를 돌리는 영희의 귀에 여러 개의 소음 같은 것들이 몰려들어 한 소리로 외치기 시작했다.

철수하고 살아내 보겠다고 애쓰는 게 너무 고마워서……

'손을 내밀 때마다 돈을 빌려주면서 사람들이 했던 말들이 왜 이제야 생각나냐? 이때껏 말끔히 지워져 까마득히 잊고 살았던 말들이…….'

영희의 입에서 자조적인 웃음이 흘러나왔다.

'조영희! 네가 신용의 아이콘이었다고?'

그들이 지키고 싶었던 건 철수 각시 영희가 아니라 영희 신랑 철수였던 거야. 철수가 아무리 똥손에 똥발, 똥대가리여도 그들이 영희를 응원해 온 이유는 단 하나였어. 철수가 무사히 살아 있어 주기를 바랐기 때문이었어. 잘난 영희가 똥손 철수의 보증이 아니라 똥손 철수가 잘난 영희의 보증수표였던 거야. 영희가 자신이 신용의 아이콘이라는 믿음 아래 '철수 당신 이러면 안 돼'를 외치는 내내 그들이 응원한 건 오직 하나였어. 철수하고 살아내 보겠다고 애쓰는 게 고마웠던 거야. 영희 너, 이걸 착각하면 안 돼.

'아! 나 지금껏 뭐 하고 산 거냐? 등신같이 잘난 척이나 하고……등신! 천하에 다시없는 등신!'

때늦은 깨달음에 요동치는 영희의 마음속을 아는지 모르는지 이 와중에도 그녀의 남편 철수는, 한결같이 우울모드 일색이었다.

5 / 단수예고서

또 하나의 냉엄한 현실이 영희 앞에 고개를 내밀고 다가왔다.

'매 순간 나타나 실패를 확인시킬 작정인가?'

문이 닫힌 쌀국숫집을 둘러보던 영희의 눈에 노란 종이에 박힌 커다란 다섯 글자가 보였다.

'단수예고서'

이건 또 무슨 일인가? 영희는 누가 볼까 서둘러 문에 붙은 종이를 떼어 주머니에 넣었다.

단수예고서

수용가 번호: *** *** **** **

주소 성명: ** ** ** ***

체납기간: ****년 *월~****년 *월까지

체납액: ***,***원

귀하는 위와 같이 상하수도요금 체납으로 천안시상수도급수조례 제43조의 규정에 의거 단수처분대상 수용가입니다.

****년 *월 *일까지 납부하지 않을 시 단수 처분 조치를 하고 채권 확보를 위해 귀하의 재산을 압류코자 합니다.

또한 관허사업대상자는 지방세 기본법 제65조 및 천안시상수도급수조례 제52조에 의거 허가의 정지 또는 취소대상이 될 수 있음을 알려 드립니다.

'수도세를 못 내면 몇 가지 법에 걸리는 거야?'

영희는 남편이 잠든 다음 폐허가 된 전쟁의 흔적들을 정리하기 시작했다. 대체 추락의 끝은 어디일까.

'물품대금채무 이행최고가 끝이 아니었구나. 내용증명이 끝이 아니었어.'

영희는 이제껏 이를 몰랐다. 망해 본 적이 없었기 때문이다. 자신도 몰래 삐져나오려는 한심스런 눈물을 꾹꾹 누르며 그녀는 생각했다.

'그동안 잘살았는데, 느지막이 이게 무슨 망신살인가?'

수도세, 전기세, 가스요금, 통신료, 정수기 렌탈료, 발권기 사용료.

'참 많이도 걸려 있구나. 이들이 다 법을 들고 나오면 나는 도대체 무슨 조례 몇 조에 의거해 얼마나 많은 법에 저촉이 될까?'

모범시민이 경제사범되는 건 한순간이었다. 명장이 되지도, 대사

업가로의 변신도 하지 못했지만 나름대로 성공한 떡 인생이었다. 방한 칸 땅 한 평 없던 남편에게 빈손으로 시집와서 집 짓고 땅 사고 자식들 키우고 교육시키며 먹고 살았다. 집 지을 때 받은 대출이 좀 남아 있긴 하지만. 새벽잠 설쳐 가며 동동거린 덕분이었다.

'추가대출을 받아야 하나? 이만큼 살면서 아직도 지인들 찾아다니며 돈 좀 빌려달라고 사정을 해야 하나?'

일 저지르기 좋아하는 벌을 이렇게 받는구나. 영희는 생각했다. 쌀국숫집은 망했고 남편은 아프고 통장은 있는 대로 바닥이 났고 청구서는 쌓이고 총체적 난국이었다.

'손님이 줄면 줄어드는 대로 떡집이나 하지, 무슨 놈의 쌀국수 장사를 한다고.'

후회해 봐야 소용없었다. 지나간 일은 지나간 일로, 눈앞에 현실을 직시해야만 했다. 그동안 방앗간을 비우고 양쪽을 오가며 등한시해 온 표가 여기저기 드러나고 있었다.

'그래, 주인의 마음이 뜨니 손님 마음이 뜨는 것도 순식간이지.'

영희는 자신이 서울서 온 연탄공장 직원들처럼 언젠가는 돌아갈 어딘가를 숨겨 두고 살아온 것은 아닐까 마음이 괴로웠다. 아니라고, 절대로 그런 생각은 꿈에서조차 해본 적 없다고 고개를 가로저어 보았다. 그런데 왜 이런 일이 생긴 거지? 그렇다면 어떻게 무슨 이유로 이런 일이 일어날 수 있는 거냐고?

"쌀국숫집은 안 하세요?"

"우리 집 아저씨가 몸이 많이 안 좋아요."

"왜요? 어디가 많이 편찮으세요?"

"당뇨에 한약을 먹인 게 잘못됐대요."

"그래요? 누가 먹였는데요?"

"내가요."

"많이 안 좋으세요?"

"좋아지고 있어요."

그동안 철수는 많이 좋아져서 먼저 나서지는 않아도 산책로를 함께 걷기도 하고 그런대로 밥도 잘 먹었다. 텔레비전을 보거나 손님들하고 얘기하다가 가끔 웃기도 했다. 일억은 날아가고 각종 청구서와 최고서, 예고서에 발목이 잡혀 낑낑거리고 있었지만 그래도 영희는 괜찮았다. 남편 철수가 하루하루 좋아지고 있었으니까.

"아저씨 좀 어떠세요?"

"나아지고 있어요."

"아저씨 나으시면 쌀국숫집 다시 하실 건가요?"

"아직은 잘 모르겠어요. 쌀국숫집보다 남편이 더 소중하니까요."

"그럼요. 물론이지요."

말은 그렇게 하면서도 영희는 혼자 고민했다. 쌀국숫집으로 돌아갈까 말까를. 남편 철수가 조금만 더 힘을 내주면, 힘을 내어 제 몫을 감당해 준다면, 다시 시작할 수도 있었다. 어떻게 이런 가게를 이렇게 잘 차려 놓고 놀리냐? 하는 생각이 들었다. 그런 영희를 깨운 건 또 다른 불청객이었다.

"여보세요."

"고객님! 웅진코웨이인데요."

"그런데요?"

"결제일이……."

"그래서요?"

"오늘 지나면 추가요금 나옵니다."

"그러세요."

"네."

"그러시라고요."

전화를 끊은 영희가 중얼거렸다.

'당신에게 화가 난 것은 아닙니다. 정수기 렌탈 요금까지 독촉받아야 하는 나 자신에게 화가 나서 견딜 수가 없을 뿐입니다. 그러니 내가 다소 무례했더라도 당신이 좀 참아 주십시오. 망해 버려서 정수기 렌탈 요금을 밀리는 사람 심정은 오죽할까 생각해 주십시오.'

주머니에 쑤셔 넣은 단수예고서를 만지작거리며 집에 들렀다. 잠시 동안만이라도 우울한 철수 얼굴을 보지 않아도 되는 시간을 연장하기 위해서였는지도 모른다.

'신용의 아이콘 좋아하네. 상처의 아이콘인 철수가 보증수표였다고? 보증수표 좋아하네. 수돗물을 쓰면서 수도요금을 못 내면 독촉장을 받게 될 거란 걸 예기치 못했다고? 정수기를 렌탈해 쓰면서 렌탈요금을 제때 내지 못하면 추가요금 요청이 있을 거란 걸 예기치 못했다고? '예기치 못한'을 '예측했던 대로'로 바꿔 말하면? 그러면 뭐가 달라지는데? 빠른 변제 말고 무슨 방법이 있는데?'

씩씩거리다가 '실패는 재앙이다. 재앙!' 고개를 숙였다가 '이 와중에 기대할게. 철수가 밥 잘 먹는 거? 밥만 좀 잘 먹어 달라는데 그게 그렇게 어렵냐? 내가 도대체 뭘 그렇게 크게 잘못했냐 말이야?'

빈 집안을 서성거리며 고개를 바짝 들고 씩씩거리며 악을 써보아도 아무런 해결책도 떠오르지 않았고 흥분된 마음도 진정되지 않았다. 베란다로 눈길을 옮겼다. 공들여 키워온 난 잎 늘어진 것이라도 보면 좀 위안이 되려나……. 눈을 크게 뜨고 화분들을 둘러보던 영희가 비명을 지르며 춘란 앞으로 달렸다.

"뭐야? 너, 왜 이래?"

"까다로울 것 하나 없어요. 물만 제대로 주면 때맞춰 싹틔우고 촉틔운다니까요. 보름에 한 번 흠뻑, 비결이라야 그게 다예요. 통에 물을 받아 놓고 담갔다가 빼요. 자갈에 물이 배게요."

난 화분을 배달 온 조경전문가가 알려준 난 잘 키우는 방법이었다. 영희는 바쁘고 고단한 중에도 조경전문가가 알려준 이 방법을 철수 끼니만큼이나 공들여 지켜왔다. 누렇게 변해 버린 난 잎들을 보는 순간, 왈칵 노여움이 솟구쳤다.

"죽었다고? 결국 죽을 거면서 그 까탈을 다 부렸니? 내 신세를 들들 볶았어."

영희가 난 줄기를 움켜잡고 힘을 주어 잡아당겼다. 뿌리를 덮고 있던 자갈들이 사방으로 흩어져 떨어지면서 홍두깨로 밀어 잘라놓은 국수가닥처럼 하얗고 구불대는 뿌리가 나타났다.

"그래. 잘 죽었어. 너도 철수처럼 평생소원이 죽는 거였지? 죽어. 그렇게 죽고 싶은데 죽으라고? 누가 말려? 너, 그동안 핑계가 없어서 못 죽었지? 물주는 걸 건너뛰어야 말라죽을 텐데 꼬박꼬박 물을 주니 어떻게 죽냐 했지? 햇볕 쬐어 주는 걸 잊어버려야 썩어 죽을 텐데 언제 죽냐 했지? 나 때문에 못 죽어서 원통하고 절통했지?"

거꾸로 치켜들었던 난을, 이미 말라서 버석거리는 난을 팽개쳐 질겅질겅 밟으며 악을 썼다.

"기껏해야 고작 일 년에 한 번 마지못해 꽃대 올려 주는 것밖에 한 게 없는 주제에 얻다 대고 유세야? 얼마나 더해? 뭐가 부족해서 뒈지냐니까? 너까지 왜 내 맘을 몰라 주냐? 왜? 도대체 나한테 어쩌라는 거냐고?"

아무도 없는 집안에 홀로 퍼질러 앉아 말라죽은 난 뿌리를 거머쥔 채 악을 쓰던 영희가 자리에서 일어섰다. 움켜쥔 난을 들고 비척비척 걸어서 얼마 전까지 넝쿨장미가 흐드러졌던 담장 옆으로 갔다. 손에 쥔 난을 담장 옆에 던지고 돌아서려던 영희가 멈칫하며 고개를 돌렸다. 찬찬히 고개를 돌려 장미나무 밑동이 잘려 나간 자리를 들여다보던 영희가 '음' 하는 신음소리를 냈다. '이것들이 정말……' 죽었다고 믿었던 장미나무 그루터기 옆에 새순이 돋아나 손가락 두 마디 길이나 되게 자라 있었다. 영희는 가라앉았던 화가 다시 치밀어 올랐다.

"넌 뭐야? 누가 너한테 새순을 틔워 키우랬어? 니가 이러면 내가 '이 무슨 생명의 신비란 말인가?' 이러면서 경이로워 하기라도 할 줄 알아? 엉? 겨우 철수네 집 담장에 얹혀 사는 넝쿨장미 주제에 한번 해보자는 거야? 뒈져 버리라는 주인 뜻에 항명이라도 하겠다는 거냐고? 너, 이래봤자 철수가 또 안 자른다는 보장 있어? 이게 무슨 똥배짱이냐. 꾸역꾸역 싹틔우고 가지를 키워 또다시 핏빛 꽃망울을 터트려서 도대체 뭘 어째 보겠다는 거냐 말이야? 내가 너를 밑동까지 잘라내는 철수를 또 봐야만 하냐. 왜 너까지, 니 맘대로 해."

미친년처럼 고함을 질러대던 영희가 주먹으로 눈가를 문질러 닦으며 생각했다. 나는 지금 대체 누구한테 화를 내고 있는 것일까. 죽은 난한테 화가 난 건가 아니면 살아 있는 장미한테 화가 난 건가. 못 죽어서 우울한 철수한테 화가 난 건가 아니면 사람한테 못 하는 화풀이를 말 못 하는 꽃나무들한테 하고 있는 건가. 나, 이러다가 이대로 미치는 거 아닌가.

6 / 최, 철수를 찾아오다

"안녕하십니까?"

기름병 뚜껑을 닫으려던 영희가 멈칫 움직임을 멈췄다.

'환청인가?'

다음 순간 가슴 한가운데서 쿵 하고 뭔가가 내려앉는 소리가 들리는 것 같았다. 최였다.

'최가 왔구나.'

목소리의 주인이 최라는 것을 깨닫는 순간 영희에게 두 가지 마음이 일어나 부딪히기 시작했다. 왔구나. 가슴이 먹먹해지는 마음 하나, 지가 어떻게 여기를 와? 여기가 어디라고 기어들어와? 하는 격한 마음 하나.

'아니지. 이러는 건 아니지. 내가 마음을 다잡아야지.'

영희는 뒤를 돌아보기 전에 먼저 눈을 크게 떠 앞을 똑바로 응시했다. 그리고 베이지색 페인트 위에 더께 진 기름때를 향해 두 눈을 치떠 부라렸다. 네 이놈! 여기가 어디라고 들어서는 것이냐! 호령을 하는 마님처럼. 그런 다음에 최가 있는 쪽으로 고개를 돌렸다. 그러나 고개는 돌렸지만 눈을 마주 볼 용기까지는 나지 않았다. 그때 그녀의 흔들리는 눈길에 남편 철수의 모습이 잡혔다. 영희 자신보다도 더 놀라고 당황한 것 같은 얼굴이었다.

"어서 와라. 오랜만이야."

영희는 철수를 보며 생각했다. 가슴이 뛸 텐데, 많이 쿵쾅거릴 텐데. 그녀의 생각대로 철수가 뻣뻣하게 굳은 얼굴에 나타나는 당혹감을 감추지도 못한 채 손을 내밀고 있었다. 그리고 그런 철수가 내민 손을, 최가 두 손으로 덥석 싸안아 움켜잡았다.

"잘 지냈어? 형."

언제나 변함없는 조용한 목소리였다. 아무런 위험도 감지되지 않는 최의 무색무취한 목소리를 듣자 다시금 영희의 가슴은 먹먹해졌다.

"뭐, 그렇지. 너는 잘 지냈냐?"

"그냥."

'그럴 거면서, 아무렇지 않게 씩씩하지도 못할 거면서.'

영희는 차마 입 밖으로 내지 않은 채 속으로만 말했다.

"일은 하냐?"

"아직. 에이, 나도 몰라."

영희는 무슨 대답이 그러느냐고 묻지 않았다. 괜찮으냐고도 묻지 않았다. 괜찮지 않은들 일억 이자에 각종 청구서에 파묻혀 버린 자신만큼 괜찮지 않겠는가. 그런 영희를 향해 최가 말했다.

"한 번도 못 갔어요."

'울먹거리지 마라. 제발.'

영희는 속으로 빌었다. 장수는 목이 달아날망정 울먹이지 않는다는 말도 있지 않더냐, 하며.

"그쪽으로 갈 수가 없더라고요."

'이제 알겠니? 네가 무엇을 버렸는지를.'

최는 남편 철수가 아꼈던 사람이었다.

'그래, 남들은 모를 수도 있어. 네 잘못 아냐. 상황이 그랬잖아. 형편이 그랬었어. 남들은 그렇게 말할 수 있어. 하지만 세상 모든 사람이 네 탓이 아니라고 감쌀지라도 동의할 수 없는 한 사람이 있지. 바로 너. 너만은 아는 거지. 자신이 얼마나 비겁하게 도망쳤는지 자신은 알지.'

영희는 최를 보며 생각했다. 최 당신도 신을 믿나? 아니면 요정을 믿나? 당신이 믿는 신이나 요정에게 물어보지 그래. 당신은 얼마나 더 열심히 얼마나 더 멀리 도망 다녀야 하냐고. 무엇 때문에, 누구 때문에, 핑계에 핑계를 더해 가며 도망쳐야 하냐고.

영희는 또 생각했다. 나는 당신에게 아무것도 묻지 않을 생각이다. 당신에게 왜 그랬어, 라는 질문을 던질 수 있는 사람은 당신뿐이다. 왜 그랬어? 그때. 조금 더 참아 보지. 곧 좋아졌을지도 모르는데, 왜 그랬어? 부디 그 모든 우문에 현답을 찾기 바란다.

영희는 짧은 만남을 뒤로하고 떠나는 최를 보며 또 생각했다. 아니, 마지막 인사를 했다. 잘 가시오. 한때 우리의 오아시스라 믿었던 당신 최. 부디 씩씩하게 사시오. 그리고 부디 잊지 말아 주시오. 당신은 내 남편 철수가 기억하는 세상에서 제일 좋은 사람이란 걸.

최가 다녀가고 나자 철수가 또다시 가슴을 움켜쥐고 주저앉았다. 영희는 놀란 얼굴로 철수에게 다가가 물었다.

"왜 그래?"

"나도 모르겠어. 간신히 가라앉고 있었는데…….'"

"아직도 가슴 뛰는 게 안 가라앉아? 약 먹었는데도."

"조금만, 진정되고 있는 거 같아."

"많이 힘들어? 최."

"처음부터 나를 형이라고 불렀던 놈이야. 중간에도 변함없이 끝까지."

"대부분 그러지 않아? 한 번 형이면 형 아냐?"

"아니, 나한텐 안 그랬어. 다른 사람 아무도 안 그랬어. 최만 그랬어. 처음부터 끝까지 나를 형이라고 불렀어. 사람으로 대했다고."

쌀국숫집 영업은 종료됐는데 철수의 가슴에는 최가 매달려 있는 것처럼 보였다.

7 / 눈의 혈관이 터지고 잇몸이 붓고

최가 다녀간 후, 철수는 또다시 블랙아웃 상태에 돌입했다. 가까스로 돌아왔던 밥맛이 사라지고, 기운이 없어진 듯했다. 또한 말이 없어지고, 꼼짝도 하지 않았다.

"죽 좀 먹어 볼래?"
"싫어."
"힘들게 쒔는데 조금만……."
"싫다고 했잖아? 이거 당장 안 치워?"

"일어나."
"왜?"
"왜는, 밥 먹어야지?"
"안 먹어."
"왜?"

"안 먹는다고. 내가 먹기 싫다잖아."

지옥 같은 하루하루가 다시 시작되었다. 먹기 싫다는 철수와 먹어야 산다는 영희가 맞붙어 한바탕 전쟁을 치른 후에야 한 끼가 넘어가고, 넘어갔나 싶으면 또다시 끼니가 찾아오는 지옥이 이어지고 있었다.

"이러다가는 내가 지레 죽고 말지."

영희가 중얼거렸다. 그때 화장실에서 나오던 철수가 영희를 불렀다. '들었나?'

"왜?"

"이리 좀 와봐. 눈이 왜 그래?"

"눈? 누구 눈? 내 눈?"

"거울 좀 봐."

거울 앞에 선 영희가 외마디 소리를 질렀다. 왼쪽 눈이 빨간 핏물로 흥건해 있었다.

"이게 뭐야? 내 눈이 왜 이래?"

"어디 부딪혔냐?"

"아니."

"비볐어?"

"아니."

"아파?"

"아니."

"근데 눈이 왜 그래?"

안과를 찾아가니 의사는 검사를 마친 뒤 영희에게 휴식을 권했다.

"혈관이 터졌네요. 피곤하면 그럴 수 있습니다. 처방해 드린 약 시간 맞춰 넣으시고 좀 쉬세요."

"쉬기만 하면 되나요?"

"네. 신경도 튼튼하고 백내장 증상도 아직은 없고 괜찮습니다."

눈에 고인 핏물이 흘러내리지 않는 게 신통하게 여겨질 따름이다. 흉측하지만 의사가 괜찮다니 영희는 괜찮다고 믿기로 했다.

"많이 피곤하신가 봅니다."

"네."

이번에는 치과였다. 의사는 처방전을 쓰며 안과 의사와 같은 말을 했다.

"염증치료제 처방해 드릴 테니 드시면서 좀 쉬십시오."

역시 의사는 의사다. 고단한 내 인생을 어찌 그리 잘 알아 만나는 의사마다 쉬라는 처방들을 할까라는 생각을 했다.

'쉬어, 쉬라고. 안 그러면 당신 죽어.'

영희의 맘속 의사가 그녀에게 말했다. 하지만 영희는 그 말을 들을 수가 없었다.

'쉬라고요? 어떻게요? 내가 쉬면 떡은 누가 하고 남편 밥은 누가 챙기나요?'

'며칠 문 닫아도 안 굶어 죽고 남편 몇 끼 굶어도 안 죽어. 쉬어.'

'그렇구나. 그런 걸 모르고 하루라도 문 닫으면 망하게 될까 봐, 한

끼라도 안 챙기면 굶어 죽을까 봐 그러고 살았네요. 바보처럼, 애면
글면.'

　피로가 만병의 근원이라는데, 피로가 쌓이면 죽기도 한다는데, 내
가 죽으면 쌀국숫집한다고 진 빚은? 남편 밥은? 다 컸다지만 아직 짝
도 못 지어준 애들은? 안 그래도 눈 아프고 이 아픈데, 머리까지 아
파 오는 영희였다.

　"나, 병원에 갔다 올게."

　"어디?"

　"영양제 한 번 맞아볼까 봐."

　"많이 아파?"

　"잘 모르고 살았는데 몸 여기저기가 터지고, 붓고 그래. 의사들은
자꾸만 내가 피곤한 거라고 쉬어야 한다고 하니 불안하잖아. 진짜 피
곤한 것도 같고, 기운도 없어."

　"갔다 와."

　"같이 안 가?"

　"걸어서 갈 수 있잖아?"

　"그래."

　"참!"

　"왜?"

　"젤로 좋은 걸로 놔달라고 해. 젤로 좋은 거, 젤로 비싼 거."

　그렇게 병원을 찾아간 영희에게 의사는 역시나 "많이 피곤하신가

봅니다."라고 말했다. 그리고 영희는 이제 새삼스럽지도 않다는 듯, 그 말을 받았다.

"피곤한 거야 늘 피곤하죠. 평생 피곤했는걸요, 뭐."

"몇 가지 검사를 좀 해보죠."

"영양제는요?"

"원하시면 놔 드릴게요."

영양제에 소극적인 반응을 보이는 의사를 보며 영희는 '이 양반아. 영양제 정도로 당신 병이 고쳐질 거라고 믿나?'라는 뜻인가, 하고 생각했다.

"검사결과는 언제 나오나요?"

"이틀 후에요."

"그럼 이틀 후에 다시 와요?"

"네. 결과도 보고 선생님 설명도 들으셔야 하니까요."

검사를 마치고 병원 밖으로 나오던 영희는 문득 자신이 정말로 아픈 사람임을 깨달았다.

'나, 아프구나. 내가 아프구나. 검사를 받고 결과를 기다리는 나는 환자구나. 결국 나는 환자가 되었구나. 마을입구 사방공사 나가는 길목마다 펄럭이던 새마을운동 깃발처럼 몸 사릴 줄 모르고 나부끼다가 결국은 환자가 되고 말았구나.'

영희는 억지로 수변산책로로 돌아 떡집으로 돌아오는 길에 남편 철수에게 부탁을 했다.

"당신이 집에 가서 흑삼이랑 간장약 좀 챙겨 올래? 나는 떡집에 먼저 가서 밥을 챙길게."

"싫어."

'어? 나, 환잔데. 환자인 내가 부탁을 하는데.'

영희는 다시 한 번 철수에게 부탁했다.

"내가 힘들어서 그래, 오늘만."

"나도 힘들어. 싫어."

철수는 휙 돌아 횡단보도를 건너 버렸다. 그리고는 맞은편 인도 위로 유유히 걸음을 옮기는 철수를 향해 영희가 악을 쓰기 시작했다.

"야! 이철수. 네가 보증수표가 아니라 현찰다발이라도 나는 이제 더는 너랑 못 살겠어. 더는 못 봐줘. 절대 안 봐줄 거야."

악을 쓴다고 썼지만 영희의 목소리는 육차선 차도를 가득 메운 자동차 소음 속으로 흩어져 철수의 귀에까진 전달되지 않은 듯했다.

'나쁜 놈, 인정머리 없는 놈, 저 아플 때 내가 어떻게 했는데. 내 약 챙겨 달랬나 저 먹을 약 좀 챙겨 오라는데. 너, 더도 말고 나 없이 십 년만 살아봐라.'

독이 오른 영희가 집에 들러 남편 약을 챙겨 들고 떡집 문을 열고 들어서니 철수는 텔레비전을 보고 있었다. 이른 아침부터 '나는 자연인이다'였다.

'그래. 이철수! 너 내가 아프다는데 이렇게 나온다 이거지? 너, 딱 기다려. 내가 아프기만 해봐라. 내가 환자라는 게 밝혀지기만 해봐라.'

손님은 줄었는데 영희의 일은 조금도 줄어들지가 않았다. 밥에, 물에, 커피에, 과일에 거기다 약까지. 영희는 조만간 나올 검사결과를 기다리며 생각했다.

'아픈 게 벼슬이야. 너만 아파? 나도 아파. 정말 많이 아파. 아파서 죽어 버릴지도 몰라.'

영희는 고대하던 검사결과를 받기 위해 의사와 마주앉았다.

"식사는 잘하나요?"

"네."

"소화는요?"

"소화도 잘돼요."

"변비 같은 것도 없으시고요?"

"네. 없어요."

"식사를 잘하신다니 다행입니다. 소화도 잘되시고, 변비도 없으시구요."

커서를 움직여 모니터를 살피는 의사 앞에 앉은 채 영희는 생각했다. 병원에 가면 의사들은 꼭 '식사는 잘하느냐?' '밥은 잘 먹느냐?'를 물었다. 그러면 영희는 그럴 때마다 대답했다. "네. 밥은 잘 먹습니다." 그리고 그럴 때마다 의사들은 "식사를 잘하신다니 다행입니다." 하고 대답했다.

'내가 밥을 잘 먹는 게 왜 다행일까?'

영희는 문득 자신이 참 밥을 잘 먹는 사람이라는 생각이 들었다. 그랬다. 그녀는 그 무엇보다도 밥을 참 잘 먹었다. 꾸역꾸역. 아버지가 죽어 하늘이 무너졌을 때도 민석이가 죽어 억장이 무너져 내렸을 때도 영희는 끼니마다 밥을 먹었다.

'밥을 잘 먹는 게 다행이라면 끼니가 나를 지켰다는 뜻인가. 그나마 밥까지 잘 못 먹었다면 당장 죽어 버렸을 만큼 어딘가 크게 탈이 났다는 뜻인가.'

영희는 주먹을 쥐고 마른 침을 넘겨 가며 의사의 입술을 지켜보고 앉아 있었다. "놀라지 마십시오." 또는 "아무래도 큰 병원으로 가보시는 게……."로 시작되고 선고될 병명을 기다렸다.

마침내 의사가 입을 열었다.

"내시경은 지난번에 하셨고, 괜찮습니다. 빈혈, 없고요. 갑상선 이상, 없고요. 당뇨, 없습니다. 체지방 수치도 적당하고요. 나쁜 콜레스테롤 수치도 높지 않아요. 비타민D 부족이 아닐까 해서 그쪽도 검사했는데 정상입니다."

"이렇게 아픈데 정상이라고요?"

"한 가지 걸리는 게 좋은 콜레스테롤 수치인데요. 운동 부족으로 보입니다. 운동 열심히 하십시오. 근육운동을 겸하시는 게 좋습니다. 좋은 생각하시는 거 잊지 마시고요."

청천벽력 같은 선고였다.

'아! 그럼 나 어떡해요? 큰 병을 선고받기만을 기다렸는데 시한부 환자가 돼서 철수를 겁주고 싶었는데 내가 죽을병이라도 걸리기 전에는 철수가 꿈쩍도 안 할 텐데.'

그래 그럼 그렇지, 내 복에 환자라니, 무슨 횡잰가 했다. 영희는 자기 평생에 철수를 바꾸기는 영 글렀다는 생각에 울고 싶었다.

TV 속, 네 다리로 새끼를 감싼 어미 기린이 긴 다리를 쉴 새 없이 움직여 몰려드는 사자 떼들을 몰아내고 있었다. 치고, 치고, 치고, 또 쳤다. 새끼를 지키기 위해 어미 기린은 필사적으로 다리를 움직여 발길질을 해댔지만 굶주린 사자 떼의 공격은 한층 더 집요하고 치밀했다. 사자들의 집요한 공격에 지친 새끼가 발을 헛디뎌 넘어졌고 사자들은 달려들어 넘어진 새끼를 찢었다. 엄마 기린이 보는 앞에서.

"나쁜 데가 없다는데 왜 이렇게 아프죠? 나, 너무너무 아프다고요. 자신의 새끼가 사자무리에게 찢기는 걸 지켜본 엄마기린처럼 나 아파. 아프다니까."

그렇다면 나, 이거 우울증 아냐? 엑스레이 사진에도 안 나오고, 초음파검사에도 안 나타나는 우울증. 맞아. 그렇게 극성을 떨어대더니 나, 결국 우울증 걸린 거야. 우울증 걸리면 막 죽고 싶고 그런다는데, 나 철수처럼 죽고 싶다고 발광을 하다가 진짜 죽는 거 아냐? 영희는 막막하다. 막막한 김에 전부에게 문자를 휙휙 날린다. 마구마구.

8 / 나 아파, 모두 모여

아들도 왔다. 딸도 왔다. 시누이도 왔다. 동서들도 왔다. 조카들도 왔다. 성자도 왔다. 성자의 딸 송이도 왔다. 맨 끝에 머뭇머뭇 들어서는 최의 모습도 보였다. 모두들 '나 아파. 모두 모여'라는 영희의 문자를 받고 허겁지겁 달려들 온 것이었다. 모두들 영문을 모르겠다는 얼굴들인데 성자와 딸 송이 사이엔 뭔가 불편한 기류가 흐르는 듯 송이를 보는 성자의 눈길이 곱지 않다. 고개를 갸웃거리며 들어서던 사람마다 두 눈이 휘둥그레졌다. 영희의 집 거실에는 잔칫상이 차려져 있었기 때문이다.

"아프다더니 웬 잔칫상……."

영희가 표정 없는 얼굴로 밥그릇과 국그릇을 쟁반에 내어 주며 턱으로 자리를 정해 주었다. 사람들은 저마다 영희가 정해 주는 자리에 앉았다. 올 사람은 다 왔다고 생각했는지 영희가 국 두 그릇과 밥 두 그릇을 쟁반에 담아 철수 옆자리로 가 앉았다. 자신의 국그릇과 밥그릇을 먼저 내려놓고 나서 철수 앞에 밥그릇을 내려놓으려는데 철수가 말했다.

"나는 밥 쪼끔만 줘."

"그래? 알았어."

영희가 접시를 집어 놓은 다음 철수 앞에 내려놓으려던 밥그릇을 뒤집어 접시 위에 엎었다.

"야!"

철수가 소리를 질렀고 모두들 놀란 눈으로 소리 나는 쪽을 바라보았다.

"쪼끔만 먹는다며? 퍼서 먹어. 쪼끔만."

식탁에 앉은 영희가 밥숟가락을 입에 넣으며 말했다.

"너, 지금……."

철수가 목소리를 높였다.

"쪼끔만 먹고 버려."

"이게 정말……."

얼굴이 파래진 철수가 씩씩거리며 자리에서 일어섰다. 영희는 아랑곳하지 않고 수저질을 하며 말했다.

"먹기 싫음 다 버리든가."

철수가 양쪽 손을 뻗어 식탁을 움켜잡았다. 영희가 대수롭지 않은 목소리로 물었다.

"왜? 엎게? 아직 식사 다 안 끝났는데."

"에이……."

철수가 식탁을 움켜쥔 손에 힘을 주려는 순간 맞은편에 앉았던 시누이가 자리에서 발딱 일어섰다.

"언니."

철수를 비롯한 사람들의 시선이 시누이에게로 옮겨갔다.

"왜?"

"언니, 우리 오빠 이렇게 구박하고 살아?"

"그게 왜?"

"뭐라고요? 세상에 우리 오빠가 어떤 오빤데……."

"어떤 오빤데?"

"아니, 밥 생각이 없어서 쪼끔만 먹겠다는데 덜고 주면 되지. 그게 뭐 그리 힘든 일이라고 밥그릇을 엎는데?"

"왜? 그러면 안 돼?"

"언니! 오빠 밥을 엎어 버리고 언니는 지금 밥이 넘어가?"

"왜? 나는 내 맘대로 밥도 못 먹나? 시누이 오빠가 굶으면 나도 굶어야 돼?"

"누가 굶으래? 아무리 남편이 시원찮아도 그렇지 어떻게 남편 밥그릇을 엎어?"

"시원찮아? 아하! 시누이 오빠가 시원찮은 사람이었구나. 그래서 사람대접을 그렇게 했나? 시원찮은 오빠 마누라라서?"

"무슨 얘기야? 누가 무슨 사람대접을 어떻게 했다고?"

"생각 안 나시나? 시누이가 나를 어떻게 대접했는지."

시누이가 울 듯한 얼굴로 동서들을 바라보았고 그 눈길을 받은 큰 동서가 나섰다.

"아니, 이 사람들이 이게 뭔 짓이야? 생전 안 하던 짓을 허는 걸 보면 저 사람 탈이 나긴 크게 난 모양이네. 대체 어디가 어떻게 탈이 난 거야?"

"형님은 기억하시나요? 나한테 어떻게 했는지요."

"이 사람아 왜 이래? 누가 뭘 어쨌다고?"

영희가 시누이와 동서들을 돌아보며 물었다.

"다 잊으셨나요? 나한테 어떻게 했는지 다들 잊으셨나요?"

영희는 시누이를 숟가락으로 가리키며 소리쳤다.

"야! 너, 이 나쁜 년!"

"뭐? 나쁜 년. 이 언니가 미쳤나?"

"그래, 미칠 뻔했지. 근데 너, 왜 그랬니?"

"뭘?"

"니가 중매쟁이였잖아. 니가 나를 중매해 놓고 왜 그랬니?"

"뭐? 내가 뭘?"

"니가 나를 느이 오빠한테 중매해 놓고 어떻게 그래?"

"내가 뭘? 내가 뭘 어쨌다고 이 난리야?"

"너, 나한테는 가락지 한 짝도 안 해주고 이틀 뒤 막내한테는 금반지, 금팔찌, 금목걸이 세트로 해줬지? 그거 막내한테 몰빵할 게 아니라 나한테도 좀 나눠줬어야 하는 거 아니었니?"

"그거야. 내가 막내한테 해주면 작은오빠는 언니 거 챙길 줄 알았다니까."

"이틀 전에 알았잖아. 이틀 전 내 결혼식에 이 집안에서 나한테 가락지 한 짝 해주는 사람 없었다는 거 이미 알고 있었잖아? 왜 그랬니?"

"왜가 어디 있어? 하다 보니까 그렇게 된 거지."

"그래? 근데 그 뒤 한 번도 나한테 미안한 생각 안 들었니? 그래서 미안하단 말 안 했어? 미안하다고, 어떻게 하다 보니까 그렇게 됐는데 미안해, 그렇게 말할 수 있었잖아. 그런데 너 안 했지? 왜 안 했니? 느이 오빠가 시원찮은 사람이라서? 시원찮은 니 오빠랑 사는 나한테 미안하다고 말하는 거 쪽팔려서?"

"쪽팔리기는 뭐가 쪽팔려? 그냥 살다 보면 잊히기도 하고 묻히기도 하고 그렇게 사는 거지. 남들도 다 그러고 살아. 사람 사는데 서운한 일 없는 사람 어디 있어? 그래도 다들 덮고 살아. 누가 언니처럼 그깟 일을 꽁하니 박아 두고 사냐?"

"그깟 일? 너한테는 그게 그깟 일이었니? 그깟 일?"

영희의 숟가락이 이번에는 큰형님에게로 향했다.

"형님은 왜 그러셨어요?"

"아! 아프대서 왔더니만 어디가 고장이 나도 단단히 난 모양이야. 사람이 영 못 쓰게 돼 버린 거 같아. 안 하던 짓을 다 허고 말이야."

"왜 그러셨냐고요?"

"내가 뭘?"

"막내에게는 예식장에서 떠들썩하게 잔치하고, 우리는 헌 예배당 빌려서 쓰레기 치우듯 해치웠잖아요."

"막내 처갓집서 합동결혼식은 안 된다 하고, 결혼식을 연거푸 두 번씩 올리기엔 벅차 그랬어."

"그렇다면 우리 먼저 해줘야 하지 않았나요? 우리가 손위였는데."

"그거야 막내 처가가 워낙 쟁쟁한 데다……."

"처가가 쟁쟁했다? 그래서 나한테는 그렇게 할 수밖에 없었다는 것이군요?"

"아! 그깟 게 뭐가 중요해? 잘 살믄 됐지. 아들이 없나, 딸이 없나 땅에 집에 그리운 게 없는 사람이 뭣 땜에 지난 얘기를 가지고 이 난린지 모르겠네."

"우리 결혼식! 형님한테는 그깟 일이었군요. 그깟 일. 둘째 형님이 설명 좀 해주실래요? 세상에서 가장 후줄근한 걸레 같은 드레스."

"아! 내가 일부러 걸레 같은 드레스를 빌려 놨겠어? 사진관 놈들이 이쁘고 사진 잘 나오는 걸로 준비할 거니까 걱정하지 말라고, 그래서 알아서 해달라고 맡겼던 거라니까. 난 잘못 없어. 순진하게 그놈들을 믿었던 게 죄라면 죄지. 그리고 깨끗한 드레스 빌려 입고 식 올려서 이만큼 잘살면서 드레스가 뭔 대수야? 몸 아프다는 사람이 별 생각을 다해."

"작은 형님도 그 걸레 같은 드레스가 그깟 일이었다고 하네요. 그깟 일."

영희는 탕! 숟가락을 놓으며 둘러앉은 모두를 향해 소리쳤다.

"그래요. 다들 그러고 살았군요. 형한테 좀 맞은 게 어때서, 예식장이 아니면 어때서, 드레스가 좀 너저분하면 어때서, 가락지 좀 빠트리면 어때서. 예식장이 아니었어도 잘살았잖아, 드레스가 좀 후져도

사는데 지장 없었잖아, 손가락에 가락지 안 꼈어도 기 안 죽고 살았
잖아, 그러고들 사셨군요. 철수랑 영희는 이렇게 아픈데, 많이 아픈
데, 병명도 없이 아픈데."

9 / 사람입니다

영희는 둘러앉은 모두를 향해 말을 이어 갔다.

"이제는 말해야겠습니다. 여기 모인 모든 분들에게. 여러분 모두가 그깟 일이라고 하는 그 일들이 왜 해서는 안 되는 일이었는지 말해야 겠습니다. 왜냐하면 내가 아프니까요. 그냥 참아내기엔 너무 아프니까요."

"이모! 엄마 왜 저래?"

송이와 성자 사이에서 눈치를 보던 진아가 성자의 귀에 대고 빠르게 물었다. 성자가 예상하고 있었다는 듯 천연하게 대답했다.

"친해 보자고 하는 거야. 지금부터라도 사랑해 보자는 거지. 제 딴에는 사랑고백을 하는 거야."

"사랑고백은 무슨, 잘 좀 보세요. 결투 신청 같은데."

"사랑고백이라니까. 느네 엄마! 내 친구 영희 이제야 생각의 감옥을 깰 엄두를 낸 거야."

"생각의 감옥은 무슨, 한 판 붙어 보자는 거구만."

영희는 진아와 성자가 나누는 얘기를 아는지 모르는지 자기 얘기를 이어 갔다.

"세상에 크고 놀라운 일들이 얼마나 많은데 그깟 일로, 라고 말하지 마십시오. 겨우 그깟 일이라고 말하지 말아 주십시오."

"이모! 엄마가 정말 많이 아픈 거 아냐?"

진아가 성자의 팔을 흔들며 물었다.

"조용히 좀 해봐. 저 사람들이 영희가 하는 말을 알아듣는지 보게."

진아는 성자로부터 고개를 돌려 엄마를 쳐다보았다. 영희가 다시 입을 열고 있었다.

"왜냐하면 우리 모두는 사람이니까요. 사람이니까 그깟 일이라고 말하면 안 되는 겁니다. 사람이니까 사람을 때려 놓고 그깟 일이라고 말하면 안 되는 겁니다. 사람이니까 무시해 놓고 그깟 일이라고 생각하시면 안 됩니다. 차별을 그깟 것이라고 하시면 안 되는 겁니다."

"무시는 누가 누굴 무시했다고……."

"온 집안이 쟁쟁하지 않은 누군가를 무시했잖아요."

"누가 무슨 차별을 했다고."

"차별했잖아요. 시원찮은 사람을……."

"그게 일부러 그러려고 그랬던 게 아니라……."

"변명 말고 반성을 하셔야죠. 사과를 하셔야죠."

진아가 다시 성자의 귀에 입을 가져다 대었다.

"엄마의 사랑고백인지 감옥 깨긴지는 끝난 것 같은데 알아들었을

221

까요?"

"사람이면. 넌 편안하니? 느이 엄마가 저렇게 나올 때까지 넌 모른 척 편하게 잘살았어?"

성자가 성난 얼굴빛으로 물었다.

"이모! 다 아시면서 왜 이러세요? 내가 도망쳤어요? 엄마가 쫓아냈어요. 여기서 이철수 딸하느라 힘 빼지 말고 이진아로 사는 일에 기운을 쓰라……."

송이가 억울하다는 얼굴로 말대꾸를 하는 진아의 옷소매를 슬며시 잡아당겼다. 진아가 돌아보자 송이가 시치미를 뚝 떼고 너스레를 떨 듯 말했다.

"잘한 일이지. 잘한 일이야. 모시고 사는 게 효자이던 시대도 아니잖아. 너는 너 좋아하고 잘할 수 있는 일이 있는데 뭐 땜에 여기 남아? 재능을 썩혀?"

성자가 사나운 눈빛으로 송이를 쏘아보자 진아가 성자의 팔짱을 끼며 물었다.

"이모도 잘한 일이라고 하셨잖아요? 내가 한 일 중에 제일 잘한 게 떡집 후계자 안 하고 검사된 거라고 하셨잖아요? 아니 이모가 먼저 그러라고 하셨잖아요?"

"그건 잘한 일이지."

"그럼 뭐예요? 왜 뾰로통하신 거냐고요?"

"기껏 키워 놓으니 저 혼자 큰 줄 알고 잘난 척하는 너희 두 년들 꼴 보기 싫어 그래. 제 일을 제대로 하는 년들 눈엔 부모도 안 보이니?"

진아가 옆자리의 송이를 보며 어깨를 으쓱해 보였다.

"언니! 잘 좀 해. 나까지 혼나게 하지 말고."

"지금 울 엄마 네 얘기하는 거거든."

"그렇습니까? 죄송합니다. 수정하겠습니다."

진아가 고개를 숙였다.

영희는 계속해서 말을 이어가고 있었다.

"내가 사람이니까. 사람인 상대에게 해서는 안 되는 일들이 있는 거잖아요. 그래야 너는 뭐냐, 라는 질문에 '사람이야' 대답할 수 있는 거잖아요. 사람이니까. 사람이 사람을 때리는 거 안 되는 일이라고 생각했어야 하잖아요. 누군가 한 사람쯤은 나서서 단호하고 강경하게 말했어야 하잖아요."

"힘들었잖아. 아버지는 죽고, 장사 나간 엄마는 안 돌아오고, 안 그래도 힘든데 맞을 짓을 하니까."

"아버지를 저 남자가 죽였나요? 저 남자가 엄마를 장사 내보냈어요? 맞을 짓? 맞을 짓 하는 놈 때려서 아버지 살려냈나요? 맞을 짓 하는 놈 죽게 패서 엄마 장사 나가는 거 막았나요? 첫째 놈 둘째 놈들 즈이끼리 붙었다가는 둘 중 한 놈이 개박살 나고 말 것 같으니까 즈이끼리는 상호불가침 조약 맺고 막내는 막내라서 불쌍해서 못 때리고 여동생은 여자라서 못 때리고 그래서 저 남자만 잡은 거잖아요. 저 남자 잡아서 저런 등신 만들어 놓은 거잖아요. 만만해서, 죽어라

두들겨 패도 튼튼해서 오뚝이처럼 잘살아나고 죽어라 두들겨 패도
죽기를 각오하고 대들지도 않고 그래서 만만해서, 만만해서 그런 거
잖아요?"

"그래서 죽었어? 맞아서 죽었느냐고? 안 죽고 잘살아 있잖아? 팔
다리가 부러져 병신이 된 것도 아니고 오장육부 중 어디가 탈이 난
것도 아닌데 왜 그래? 형제들끼리 살다가 투닥거리지 않고 크는 집
있어. 형제라고 다 똑같을 수가 있나. 투닥거리다 보면 힘센 사람도
생기고, 좀 억울한 놈도 생기고, 그렇게들 사는 거지. 아프다더니 머
리가 아픈가. 다 지나간 일을 새삼스럽게."

"팔다리 안 부러지고 배가 터져 오장육부가 흘러나오지 않으면 잘
사는 건가요? 멀쩡한 거예요?"

"아! 그럼 아버지 죽고 동생들 챙기고 보살펴서 이만큼들 살게 해
줬으면 된 거지. 뭘 더 어째야 하는데?"

"챙기고 보살펴요?"

"아! 오죽하면 때렸겠냐고. 오죽하면. 지 동생 때리고 싶어 때리는
놈 있냐 말이야. 오죽하면 그랬겠어."

"근데요. 그 오죽헌 동생 신경 안 쓰셔도 잘살고 있는 때 왜 갑자기
죽었대요?"

"아휴! 이모! 사랑고백은 무슨……. 엄마 지금 너무 나간 거 아녜
요? 말려야 되는 거 아니냐고요?"

일어서려는 진아를 성자가 잡아 앉혔다.

"맞는 말하는구만 뭐. 아무리 잘 덮어도 고름이 살 되는 법은 없어.

고름 든 종기는 짜내야 치료가 돼. 고름 든 종기는 터졌을 때 고름을 바닥까지 짜내야 해. 터트려 놓고 고름을 방치하면 덧나. 더 크게 고생해."

그때 영희의 사랑고백을 듣던 큰형님이 더는 못 참겠다는 얼굴로 벌떡 일어났다.

"이 사람이 지금 아프다니 아파서 그러려니 참고 들으려니 못 허는 말이 없구먼. 도대체 무슨 죽을병이 들었다고 이렇게 막 나가는 거야? 시방 우리 집 양반 죽고 없다고 겁나는 게 없다는 거여? 형들을 업신여기는 거여?"

"업신여기다니요. 그런 거 아닙니다."

"아니면 뭐여? 업신여기는 게 아니면, 바쁜 사람들 불러 놓고 뭐 하자는 거여?"

"사과를 받고 싶습니다. 사과하십시오."

"뭐? 우리가 왜 자네한테 사과를 해? 때린 것도 형제간 일이고 맞은 것도 형제간 일인디 자네가 왜 중간에 나서서 누구 보고 사과를 허라 마라 하는 거냐고?"

"때린 당사자가 죽어 버렸지 않습니까? 사과 한마디 안 하고. 미안하다, 한마디면 됐을걸. 그 한마디면 저 사람 다 용서하고 사람답게 살았을 것을, 안 하고 죽어 버렸지 않습니까? 그리고 나한테도 사과하십시오."

"때린 사람도 안 한 사과를 왜 내가 해? 그리고 자네한테는 뭘 사과하라는 겨?"

"세 분 다 나한테 무례했잖습니까? 무례했던 거 사과하십시오."

"세상에, 기가 막혀서 말이 안 나오는군. 길을 막고 지나가는 사람들한테 물어봐라. 형편 안 돼 시집올 때 좀 섭섭했기로 이러는 자네가 더 무례한가, 내가 무례한 건가, 사람들한테 물어보란 말이야."

노기를 띤 철수의 큰형수가 일전을 불사할 각오로 나서고, 시누이와 둘째 형수가 옆으로 다가가 붙어 섰으며 진아와 성자, 송이는 자리에 앉은 채 촉각을 곤두세우고 사태를 지켜보고 있었다. 연합군이 된 세 사람이 여차하면 영희의 머리채라도 휘어잡을 자세로 버티고서 있었다. 그때였다. 일촉즉발의 위기감이 맴도는 가운데 울음소리가 터져 나온 것은. 모두들 고개를 돌려 소리 나는 쪽을 바라보니 울음소리의 진원지는 다름 아닌 철수였다. 엎어진 밥그릇 앞에서 식탁을 움켜쥐고 서 있던 철수가 눈물을 펑펑 쏟으며 꺼이꺼이 울고 있었다.

옆자리의 아들 정재가 손을 뻗어 철수의 어깨를 감싸 안았다. 그렇게 얼마간의 시간이 흘렀다. 식탁 위에 차려진 음식들은 이미 식어 있었고 분위기는 무겁게 가라앉았다. 마침내 울기만 하던 철수가 입을 열었다.

"대들고 싶었어요. 나도 때리고 싶었어요. 맞은 만큼 때려 주는 게 맞다고 생각했어요. 형이 나를 때리는데 나는 형을 못 때리는 건 공평하지 않다는 생각도 했어요. 그렇지만 나는 형을 때리지도 못했고 대들지도 못했어요. 겁났거든요. 죽일까 봐. 정말 죽일 것처럼 때렸거든요. 죽일 수도 있을 것 같았거든요. 따지고 싶었어요. 왜 나하고

한 약속 안 지키냐? 따지고 싶었어요. 하지만 오랫동안 매질을 당하는 동안 사라져버린 용기를 불러낼 수가 없었어요. 그때 옆에 영희가 있었어요. 용기 없는 나 때문에 멸시당하고 업신여김당하고 벌레 취급당하는 영희가 보기 싫었어요. 나를 보는 것 같아서. 형들의 방식대로 영희를 대했죠. 보기 싫을 때, 마음이 불편할 때, 불행하다고 느껴질 때, 속상한 일이 있을 때, 형들이 나를 때리는 것으로 그것들로부터 벗어나고자 한다는 걸 알고 있었거든요. 아는 게 그거밖에 없었어요. 보아온 게 그거밖에 없었습니다. 그래서 때렸어요. 형들이 나를 때렸듯이 나도 영희를 때렸습니다."

모두가 숨을 죽인 채 철수를 지켜보고 있었다. 철수의 눈에서는 눈물이 줄줄 쉴 새 없이 흘러내렸고 아들 정재가 감싸고 있는 어깨는 떨고 있었다.

"때리지 말라고, 때리면 아프다고 엄마도 접시도 동생도 때리면 안 된다고 말려 준 건 내 딸 진아였어요. 내 딸이 말려줘서, 내 딸이 말려준 덕분에 폭력은 멈출 수 있었습니다. 내가 맞았을 때 아픈 것처럼 내가 때려도 아프다는 걸 알았거든요. 미안하다고 말하고 싶었어요. 해야 할 것 같았어요. 나는 형도 나한테 미안하다고 말하고 싶을 거라 생각했어요. 내가 영희한테 미안한 것처럼 형도 나한테 미안할 것이라고요. 기다렸습니다. 형이 미안하다고 말해주기를."

정재가 손수건을 꺼내 철수의 얼굴에 흐르는 눈물을 닦아내면서 눈시울을 붉혔다.

"형이 갑자기 죽어 버렸어요. 미안하다는 말 한마디 없이. 한마디면 다 용서할 수 있었는데. 그깟 매질 다 잊을 수 있었는데 형이 갑자기 죽어 버려서……."

"형이 죽어서 충격 안 받은 사람 있어? 누구는 그 죽음을 예상했냐고?"

"그래도 그냥 살아야 한다고 생각했어요. 그래도 나를 형이라고 불러주는 최가 있었으니까요."

사람들의 시선이 일제히 최에게로 쏠렸다. 무슨 소리야? 저 사람이 이 자리에 웬일인가 했더니 최하고 철수가 그런 사이였어? 저마다 어리둥절한 표정이었다. 철수의 입에서 자신의 이름이 나오자 최는 몹시 당황한 얼굴로 어쩔 줄 몰라 했다.

"그랬는데……."

철수가 말을 이어 가자 사람들의 시선은 또다시 철수의 입을 향해 움직였다.

"최마저 떠나가겠다고 했을 때, 나 같은 건 더 이상 살 가치가 없다고 생각했어요. 그래서 죽어 버리고 싶었는데, 죽어 버리는 것 외엔 다른 길이 없다고 생각했는데, 형이 죽었을 때 가슴 아팠던 걸 생각하니 죽을 용기가 생기지 않았어요. 내 딸과 아들과 영희가 나처럼 슬플까 봐 그래서 날마다 생각했어요. 나처럼 아무짝에도 쓸모없는 인간은 먼지처럼 부서져 사라져 버렸으면 좋겠다, 그랬으면 정말 좋겠다, 계속 생각했어요."

철수 얘기를 듣고 있던 영희가 쟁반을 머리 위로 집어든 다음 힘껏 내리치며 악을 썼다.

"그래? 먼지처럼 부서져 사라져 버렸으면 좋겠다고? 그런데 이렇게 허우대가 멀쩡해서야 언제 부서져 먼지가 되겠니? 이리 와. 내가 오늘 아주 너를 잘게 잘게 부숴 줄게. 먼지를 만들어 줄게."

영희가 내리친 쟁반이 요란한 소리와 함께 철수의 머리 위에 부딪혔다. 그 서슬에 국그릇이 엎어지며 철수 바지 위로 쏟아졌다. 그 소리와 광경에 놀란 사람들이 어쩔 줄 모르고 서로의 얼굴을 마주 보고서 있는데 철수의 동생, 영희의 시누이가 소리를 지르며 달려들었다.

"이 언니가 아주 미쳤구만, 미쳤어. 아무리 미쳤어도 그렇지, 어디서 남편 머리통을 내리치고 난리야?"

반찬 그릇들이 밀려나면서 떨어지고 엎어지고 쏟아졌다.

"그래. 나, 미쳤어. 뒈지고 싶어서, 먼지가 돼서 사라지고 싶어서 밥을 안 처먹겠다는 서방 두고 안 미칠 년 있으면 나와 보라고 그래. 너, 이철수 이 미친놈! 뭐가 어쩌고 어째? 뒈지는 것 말고는 길이 없어? 그래서 끼니때마다 그 난리를 피워 가며 사람 피를 말렸어? 못 뒈질까 봐?"

영희는 이미 이성을 잃고 있었고 집안은 아수라장으로 변했다. 이성을 잃은 영희가 휘두르는 현란한 쟁반질에 철수의 산발된 머리칼이 뒤엉켜 쑥대밭이 되었고, 달려들다가 쟁반에 맞은 시누이는 입술이 터져 피를 흘리고 있었다. 피를 본 영희의 두 동서가 시누이에게로 달려가 피를 닦느라 소란을 피우는 동안에도 철수를 향해 내리치는 영희의 쟁반질은 멈추지 않았다.

"형!"

보다 못한 최가 나섰다. 영희가 철수를 내리치던 쟁반을 들고 최에게 달려들며 악을 썼다.

"형? 당신이 뭔데 철수한테 형이래? 당신이 뭔데 철수를 형이라 불러? 제 끼니도 못 지키는 주제에. 당신이 차버린 게 뭔지나 알아? 당신은 철수가 차려준 끼니를 차버린 거야. 철수의 마음을 차버린 거라고. 그런 주제에 뭐? 환경? 관광? 복지? 끼니도 못 챙기는 당신이 뭘 하겠다고? 다시는 철수를 형이라고 부르지도 마. 어디다 대고 누굴 보고 형이래? 누가 당신 형이야?"

정재가 달려들어 키가 큰 최에게 매달려 쟁반을 휘둘러대는 영희의 손을 잡았다. 그리고 최의 손을 잡고 철수의 어깨를 감싼 다음 밖으로 나갔다.

"참 나 원, 누가 밥해 달랬나? 사람 오라고 해놓고 이 무슨 난리래?"

영희의 동서들이 씩씩거리는 시누이를 잡아끌고 사라졌다.

"엄마!"

진아가 탄식하듯 '엄마'를 불렀다. 성자가 재미있다는 얼굴로 후후 하고 소리 내어 웃었다.

10 / 내 집, 내 여자, 내 자식

이른 새벽.

반수면상태의 6차선 도로 양옆으로 상가들이 길게 이어져 있었다. 내려진 셔터 너머 음소거 상태로 단잠에 빠져 있는 상가들 사이로, 멋대로 뒤엉켜 어수선하고 부스스한 머리칼에 눈두덩이 수북이 부어오른 철수가 얼굴을 잔뜩 찡그린 채 걷고 있었다. 달팽이처럼 느릿느릿 걷고 있던 그가 걸음을 멈춘 곳은 떡집 앞이었다. 그가 뚱한 표정으로 환하게 불이 켜진 떡집 문을 열고 안으로 들어서자, 떡방에서는 떡시루가 증기기관차처럼 쉭쉭 칙칙 하얀 김을 토해내고 있었다.

영희는 앞치마를 입고 위생모를 쓰고 마스크로 입을 가리고 일회용장갑을 낀 차림으로 떡판 앞에 서서 분주한 손놀림으로 떡을 썰고 있었다. 들어서는 철수를 힐끗 보는가 싶더니 이내 하던 일로 고개를 돌렸다. 철수는 떡판 앞에 서 있는 영희를 향해 어슬렁어슬렁 다가가 뻘쭘하게 서 있다가 띄엄띄엄 소리를 내어 물었다.

"뭐…… 내가…… 도와줄 거…… 같은 거……."

"됐어."

철수의 말이 끝나기도 전에 영희가 차갑게 내뱉었다. 영희의 야멸
찬 거절에도 불구하고 철수는 발길을 돌리지 못하고 떡판을 기웃거
리며 영희 눈치를 살피고 있었다. 영희가 고개를 들어 쏘아보면 눈길
을 피하고, 영희가 떡을 썰면 다가가 기웃거렸다. 영희가 고개를 핵
돌리며 악을 썼다.

"서당개 삼 년이면 풍월을 읊고 식당개 삼 년이면 라면을 끓인다는
데 지금 몇 년이야? 삼 년도 아니고 삼십 년이야. 삼십 년도 훨씬 넘
었다고."

"왜? ……뭐?"

"왜애애? 뭐어어? 꼭 말을 해야 아니? 여기 좀 봐. 궁금하면 좀 보
라고. 문자 온 것들 좀 봐."

영희가 핸드폰을 들어 철수의 코앞에 디밀었다.

아저씨 때문에 심란하신 건 아는데 그래도 말은 해야 할 것 같아
서…… 미숫가루가 너무 타서 써요. 써서 먹을 수가 없어요.

개떡반죽이 너무 거칠어. 쑥줄기가 그대로 살아 있다니까.

깨를 너무 볶았나 봐. 노릿노릿하게 살짝만 볶아서 짜 달랬는데, 기름
이 까맣다고 아들 며느리가 안 가져간대.

"기름 하루 이틀 짜냐? 미숫가루 일이 년 볶아? 도대체 일하면서 뭔 생각을 하길래 아직도 깨를 태우고 미숫가루를 태우냐? 잘 모르면 그냥 내가 맞춰 놓은 온도대로나 해. 기계에 손 대지 말고."

"그게……."

"됐어. 들어가서 세수나 좀 해. 당신 얼굴 보면 삼 년 전에 마신 미숫가루가 토 나오겠어."

"그게 내 생각엔……."

"니 생각? 깨 안 태우는데 네 생각이 무슨 필요가 있어? 잘못했으면 반성하고 개선을 해야지. 또 뭔 변명을 하려고? 니 생각이 뭐?"

날카로운 영희의 목소리가 하늘을 찌르는데 진아와 정재, 송이와 성자가 가게 안으로 들어섰다. 성자가 영희를 향해 물었다.

"너, 뭐하냐? 혹시 새벽을 깨우리로다 같은 주제로 뒤풀이 중이냐?"

철수가 꾸뻑 인사를 했다.

"뒤풀이도 좋고 육탄전도 좋은데, 시간 좀 봐라. 아직 새벽이야. 니 목소리가 쩌렁쩌렁! 온 동네 골목이 다 흔들거려. 이 동네 사람들 맘도 좋아. 너 같은 애 안 내쫓고 참는 걸 보면."

성자의 말에 철수는 머리를 긁적이며 겸연쩍게 웃었고, 영희는 성자를 똑바로 노려보았다.

"그래서?"

"민망하지도 않냐? 남사스럽지도 않아?"

"민망이 내 끼니 책임져 주냐? '나는 사람이다'라고 말할 수 있게 해줘?"

"끼니? 나는 사람이다? 조영희! 니 끼니를 누가 책임져야 하니? 너, 솔직히 말해 봐. 너는 네 남편 믿어? 위하는 척 위선 떠는 거 말고 믿냐? 내가 볼 때 이 세상에서 철수를 젤 못 믿고 젤 인정 안 하는 사람이 너야. 지금 어디서 너도 안 믿는 니 서방 안 믿어 준다고 땡깡을 부리고 억지를 쓰냐? 야! 조영희, 내가 어제는 니네 집안일이라 입 다물고 구경만 했다만 너도 못 믿는 네 서방을 누구 보고 믿고 응원하라고 땡깡이야?"

"야! 변성자!"

"더 들어. 누가 너한테 쌀국숫집하랬어? 니가 그거 안 하면 죽을 것 같다고 징징거렸잖아. 말려도 안 듣고 똥고집 부렸다가 망한 거잖아?"

"그래, 나 망했다. 폭싹 망했어. 나 망해서 니 속이 시원하냐? 고소해?"

"내가 너를 몰라? 망해서 빚쟁이가 됐는데 빚 갚자고 어렵게 장만한 집을 팔 수도 없고, 대출을 받자니 쪽 팔리고, 자식들한테 손 벌리는 건 더 쪽 팔리고……. 그렇다고 도둑질을 할 수도 없고, 빚을 안 갚을 수도 없고, 속이 타는데 철수는 달라진 게 없고, 그거 아냐?"

"그래, 그래서 뭐?"

"너, 아까 철수한테 뭐랬니? 잘못했으면 반성하고 개선을 해야지 왜 변명을 하냐고? 너는 철수보다 수천 배 더 큰 잘못을 저질러 놓고 왜 여전히 큰소린데? 무슨 자격으로 철수를 쥐 잡듯 하는 건데?"

"뭐? 내가 철수를 쥐 잡듯 잡아? 내가 언제…….."

"너야말로 반성하고 개선을 해야 하는 거 아니니? 싫으면 또 마라탕이나 양꼬치집 같은 거 차려서 한 번 더 요란하게 망해 보던가."

"야!……."

"왜? 썩어도 준치랬는데, 신용의 아이콘 조영희가 요깟 일로 기가 꺾이면 안 되지. 그치?"

두 사람의 다툼 수위가 점점 높아지자 진아가 앞으로 나섰다.

"이모! 엄마! 지금 뭣들 하시는 거예요? 어른들이 애들 앞에서……."

"뭐."

송이가 앞으로 나서는 진아를 뒤에서 잡아 세웠다.

"왜?"

"너는 가만있어."

송이가 정재에게 눈짓을 했다. 정재가 영희의 등 뒤로 다가가 팔을 벌려 어깨를 감싸 안았다. 영희가 물었다.

"누구냐? 넌."

"아들입니다. 어머니의 하나뿐인."

영희가 몸을 돌려 키가 큰 정재를 올려다보았다.

"어머니의 아들입니다."

"넌 뭘 위해 사니?"

"내 집! 내 여자! 내 자식을 책임지는 사람이 되려고 노력 중입니다. 정직하고 올바른 끼니를 지키려고 노력하는 어머니의 아들입니다."

영희가 팔을 뻗어 정재의 목을 감쌌다.

"아! 뭐야. 이 어색하고 쑥스럽고 닭살스러운 결말! 난 정말 이런
거 싫은데, 우리 식구들은 이런 거 못하는데…….'

얼굴을 찌푸린 진아가 어색한 몸짓으로 철수에게 다가가 손을 내
밀었다. 어정쩡한 얼굴로 머뭇대던 철수는 진아가 내민 손을 잡고 쭈
뼛거리며 영희 곁으로 다가갔다. 정재가 팔을 크게 벌리며 두 사람을
끌어당겨 감싸 안았다.

그 모습을 지켜보던 성자가 입꼬리를 한쪽으로 비틀며 푸 소리를
내어 웃었다. 모두들 '뭐야? 평소에 안 하던 행위의식까지 벌이는 가
상한 노력 끝에 겨우겨우 성난 바람을 잠재워 가는 이 순간에, 이제
막 해피엔딩으로 막을 내리려는데 경망스럽기 그지없는 비웃음 짤이
라니. 다른 사람도 아닌 니가 하는 얼굴로 성자를 돌아보았다.

"정재야!"

웃음을 멈춘 성자가 정재를 불렀다.

"너, 사람입니다 그거 하지 마. 정직하고 올바른 끼니, 그거 하지
마."

"엄마…….'

송이가 나섰고 성자가 송이를 막으며 말했다.

"시끄러. 너는 조용히 해. 정재야! 세상에 사람입니다, 할 수 있는
사람 네 엄마 한 사람뿐인 것 같지? 네 엄마만 힘들고 네 엄마만 참고
사는 사람인 것 같지? 느이덜이 그렇게 떠받드니까 느이엄마가 아직

도 땡깡을 부리는 거야."

"엄마, 됐어."

"되긴 뭐가 돼? 내가 무슨 소리를 할 줄 알고 니가 됐다 마다야?"

성자가 도끼눈을 뜨고 자신을 막고 나서는 송이를 바라보았다.

"저만 막막하고 억울했던 거 아니다. 한 동네 한두 집은 아들을 남
의 나라 전쟁터로 보냈고, 세 집 건너 한 집은 딸을 돈벌이 보내던 시
절이었어. 식모로도 보내고, 술집으로도 보내고, 공장으로도 보내고.
그 얘기하려는 거잖아."

"내가 무슨 얘기를 하건 니가 왜 나서?"

"아빠는 낯선 남의 나라 전장에 한쪽 다리를 묻고 온 사람이고, 엄
마 친구 용순이이모는 노동조합 결성하려다가 재건대원들한테 강간
을 당한 뒤 자살했고, 민석이 삼촌은 재건대원들의 칼에 찔려 죽었다
는 그 얘기 하도 들어서 귀에 딱지가 앉았어."

"너, 어디서 까불어? 니 눈에 내가 니가 돈 주고 부리는 니 부하직
원으로 보여?"

"요즘 누가 회사직원을 돈 주고 부리는 부하로 생각해? 엄마 얘기
는 안 들어도 뻔해."

영희가 고개를 흔들었다.

"송이야, 너 엄마한테 왜 이러니? 그만해. 성자 너도 그만해."

"살아남은 사람들! 안 죽고 살아남은 죄로, 그 값으로 살아 있는 게
고맙고 미안해서 아파도 아픈 내색조차 못하고 온몸이 부서져라 일
만 하고 살았다는 얘기하려는 거 아니냐고?"

"송이야!······."

"엄마랑 이모가 살아남았다는 공통분모 안에서 서로 응석을 부리고 받아주는 것까지는 좋아. 아빠가 산산조각으로 부서져 흩어지는 전우 꿈을 꾸다가 깼다며 식은땀을 흘리는 거나 엄마나 이모가 민석 삼촌이나 용순이모 꿈을 꿨다며 훌쩍거리는 것 보면 가슴이 아파."

"송이야!"

영희가 울먹거리는 목소리로 송이를 불렀지만 송이는 아랑곳하지 않았다.

"그런데, 그래서 어쩌라고? 우리는 뭐 하필이면 그렇게 힘들고 아픈 엄마아빠 자식으로 태어나고 싶어서 태어났겠어?"

성자가 기가 막힌 표정으로 영희를 바라보고 영희가 털썩 주저앉아 울음을 터트리려는 순간 철수가, 투명인간이나 박제처럼 아무것도 안 하던 철수가 앞으로 나섰다.

"한송이! 너 정말 까불래?"

모두가 일제히 철수를 바라보았다.

"한송이 너, 제일 많이 배우고 제일 똑똑한 니가 이러면 니 동생 상훈이랑 우리 진아랑 정재 저것들이 뭘 보고 배우나?"

"이모부!"

"우리가 많이 배워서 못 배운 부모 가르치라고 느덜 공부시킨 줄 아냐? 송이야! 느이이모가 망해서 다 말아먹고 노숙을 하게 돼도 괜찮아. 그러니 네 이모나 네 엄마 야단치지 마라. 너희들은 야단쳐도 된다고 생각하면 큰일 나."

"네."

송이가 순한 목소리로 대답했다.

"송이야!"

철수가 송이를 불렀다.

"네. 이모부."

"니가 와서 나는 참 좋다."

"……."

송이가 대답 대신 반성문을 써 들고 교무실에 불려온 아이처럼 고개를 숙였다.

"천천히 놀다 가면 안 되냐?"

"죄송해요. 회의가……."

"아침만 먹고 가는 것도 안 돼?"

"저, 그게……."

정재가 나서서 철수의 손을 잡으며 말했다.

"오늘은 저랑 놀아요. 아버지."

"너도 학교 가잖아?"

"우리 학교 개교기념일이에요."

"그래?"

얼굴 가득 퍼진 햇살 같은 웃음을 머금은 철수가 송이를 향해 말했다.

"송이야! 정재도 있는데 아침 먹고 가라. 응?"

"아버지! 오늘은 저랑 같이 있자니까요."

정재가 철수의 어깨를 감싸 안으며 송이를 향해 '아빠 걱정은 하지 말라'는 눈짓을 했다. 철수는 연신 자신의 어깨를 끌어안은 정재의 손을 뿌리치면서 송이 쪽으로 고개를 돌렸다. '가만 좀 있어 봐. 난 우리 송이랑 할 말이 있단 말야. 우리 송이⋯⋯'라고 말하기라도 하려는 듯 했고, 그 모습을 지켜보던 영희가 버팅기는 철수의 등을 안으로 밀었다. 철수를 밀고 안으로 들어가던 영희가 진아와 송이, 성자 세 사람을 향해 '여기 일은 걱정하지 말고 어서 가라'는 손짓을 했다. 송이가 정재와 영희와 철수가 사라진 떡방을 향해 구십 도로 고개를 꺾어 인사를 했다.

"안녕히 계세요. 이모부!"

떡집을 나온 세 사람이 서울로 돌아가기 위해 송이의 자동차에 올랐다. 송이는 운전석에, 성자와 진아는 뒷좌석에 나란히 앉았다. 운전석에 앉아 손가락으로 운전대를 톡톡 두드리던 송이가 손을 들어 맞은편 도로 위 전봇대에 걸린 현수막을 가리켰다. 성자가 고개를 들어 바라보니 현수막에는 '축 하 합 니 다'라는 문구 아래 큰 글씨로 '오미자'라는 이름이 씌어 있었고 이름 아래엔 −아무 이유 없음−이라는 설명이 붙어 있었으며 양 옆으로는 월계수 잎으로 감싼 **경 축**이라는 글씨가 호위병처럼 버티고 서 있었다. 성자가 현수막을 가리키는 송이 대신 옆자리에 앉아 문자 삼매경에 빠져 있는 진아에게 물었다.

"저게 뭐냐?"

"미자네 잔치한대요. 엄마 썰고 있던 떡 그거 미자네 집 거예요."

진아가 핸드폰에서 눈을 떼지 않은 채 대답했다.

"아무 이유 없음이 무슨 뜻이냐고?"

"읽으신 그대로예요. 미자엄마가 아무 이유 없이 미자를 위해 잔치를 한대요. 미자엄마는 저런 잔치 자주 해요. 미자엄마한테 미자는 자체가 잔치래요."

눈살을 찌푸리고 혀를 차며 고개를 돌리는 성자를 향해 송이가 시비를 걸듯 물었다.

"엄마랑 이모는 왜 잔치를 안 해?"

"뭐?"

성자가 물었고 진아가 핸드폰에서 눈을 떼고 저 언니 또 왜 저래? 하는 얼굴로 송이 쪽을 보며 물었다.

"언니! 벼르고 별러 한 판 뜰 작정이었는데, 아직 할 말 반도 안 했는데 우리아빠 땜에 참고 가려니 열불이 나? 부아가 안 가라앉아?"

"잔치 할 일이 좀 많았니? 두 집안의 네 자식들이 잔치할 일을 좀 많이 했어? 사법고시 합격, 임용고시 합격, 취직, 승진, 창업까지. 왜 엄마랑 이모는 잔치를 안 해? 남들은 아무 이유 없이도 잔치를 한다는데."

"잔치 대신 밥 먹고 공부만 하게 해줬잖아? 느덜만 합격하고 취직한 줄 알아? 남들 자식들도 다 취직하고 승진하고 창업도 해. 집안일 도와가며 공부한 애들도 다 제 몫 하고 산다고."

송이가 다시 입을 열었다.

"공부한다고 다 합격해? 우리가 치러낸 그 시험들 경쟁률이 얼마였는지 알아? 합격률이 몇 프로였는지 생각해 본 적이나 있냐고?"

진아가 말했다.

"언니! 적당히 좀 하자. 아니면 운전대 나한테 넘기고 뒷자리로 와서 제대로 한판 붙던지."

"현수막까지는 바란 적도 없어. 이모네가 떡집이고 우리 집이 생선가겐데 사람들 불러서 떡하고 생선만 끓여도 잔치하겠네. 그걸 못해? 안 한 거야? 못 한 거야? 응?"

진아가 연신 언니를 불러 멈추라는 사인을 보내는데도 송이의 기세는 좀체 누그러질 기미가 안 보였다. 몸이 단 진아가 차 문을 열고 내릴 자세를 취하면서 소리쳤다.

"언니! 오늘 출근 안 할 거면 두 분이서 아예 끝장을 보고 천천히 올라와. 난 택시 불러서 타고 올라갈 테니까."

성자가 내리려는 진아를 잡아 앉히며 입을 열었다.

"너, 태어났을 때 셋이 붙들고 울었어. 네 아빠랑 영희이모랑 너무 좋아서."

진아와 송이가 동시에 입을 다물며 서로의 고개를 돌려 마주 보았고 차 안에는 숨소리 하나 들리지 않는 정적이 흘렀다. 너무 좋아서……. 말을 잊은 송이와 진아의 눈동자에 핑그르르 눈물이 돌았다. 너무 좋았었대.

"진아 때도 이모랑 니 엄마, 눈이 퉁퉁 붓도록 울었어. 잔치 같은 거 하고 싶은 생각이 안 날 정도로 너무 좋아서."

얼마간의 침묵이 흘렀다. 감정을 수습한 송이가 손등으로 눈가를 쓱쓱 문지른 다음 독백하듯 중얼거렸다.

"엄마나 이모가 뭘 알겠어. 낙제하는 자식을 키워 봤나, 얻어터져서 징징거리고 들어오는 자식을 키워 봤나, 취직 못해 비실대는 백수 자식을 키워 봤나. 안 간다, 싫다, 버팅기는 자식을 봤나. 잔치를 모르는 게 당연하지."

송이가 다 이해했다는 듯 손가락으로 머리카락을 쓸어 올린 다음 시동을 걸려고 하는데 진아가 성자에게 물었다.

"아빠는?"

"뭐?"

성자가 예기치 못한 질문에 당황한 얼굴로 진아를 바라보았다.

"언니 태어났을 때 이모부랑 셋이 울었다며? 나 태어났을 때는? 우리 아빠도 울었어?"

"그…… 글쎄. 울었겠지. 느이아빠도."

성자가 자신 없는 목소리로 얼버무리는데 송이가 시동을 걸려던 손을 멈추고 대답했다.

"이모부는 안 울었어."

성자랑 진아가 동시에 앞자리에 앉은 송이를 바라보았다. '이 언니가 아빠 때문에 할 말을 다 못한 복수를 하겠다는 건가?' 하는 눈빛으로 송이를 보던 진아가 물었다.

"언니가 봤어?"

"봤어."

"우리 아빠는 안 울고 뭐하는지도?"

"나랑 같이 엄마랑 이모 우는 거 쳐다봤어."

순간 백미러에 고개를 돌려 차창 밖을 바라보는 진아의 시무룩한 표정이 비쳐졌다. 송이가 물었다.

"속상하니?"

"언니는 쓸데도 없는 기억력이 너무 좋아."

"미안하다. 그러니까 엄마랑 내가 싸우는 근처엔 얼씬거리지 말랬잖아."

"맞아. 언니 차를 얻어 타고 오는 게 아니었어."

전의를 가다듬은 송이가 성자를 향해 총구를 날리듯 물었다.

"엄마! 잔치는 그렇다 치고 정말 헷갈려서 그러는데 엄마랑 이모가 진짜로 원하는 게 뭐야? 당당하게 살라며? 제 몫 하며 살라며?"

"그래서? 그게 뭐?"

"그래 놓고 왜 걸핏하면 부모도 눈에 안 보이냐고 난리법석에 개망나니 불효자취급이야?"

"느네들 개망나니 불효자 맞잖아. 잊으란다고 우리가 부모라는 사실조차 깡그리 잊고 싶어 하는 불효자들 맞잖아. 아예 부모가 없는 천애고아거나 박혁거세처럼 알을 깨고 나온 애들이고 싶지? 느덜."

"우리가? 우리가 엄마아빠를 잊었다고? 내 뼈 마디마디에는 퉁퉁 부은 아빠 다리에 얼음찜질을 하면서 우는 엄마가 새겨져 있는데. 진아는 지금도 눈만 뜨면 엄마 때리는 아빠가, 엄마를 때려놓고 구석에 쭈그리고 앉아 우는 아빠가 어른거린다는데."

"전화나 제때받고 그런 입에 발린 소리를 하시지. 주말마다 찾아오는 건 바라지도 않아. 느덜이 먼저 안부전화 한번 제대로 한 적 있어?"

"아니 엄마들이 사흘들이로 전화를 해대는데 뭐가 궁금해서 안부전화를 해? 전화할 틈이나 주고 그런 말을 해. 안 찾아가고 전화 안 한다고 우리가 엄마아빠 걱정을 안 하는 줄 알아? 이제 좀 쉬면 좋은데 왜 자꾸 일을 벌이지? 쉬어 본 적이 없어서 쉬는 게 뭔지 모르나? 그 생각을 하면 걱정되고 안타까워서 숨이 막혀. 1. 3. 10을 하지 않으면 숨을 쉴 수가 없다고."

"1. 3. 10. 그게 뭔데?"

"1. 일단 멈추어 선다."

"……."

"3. 크게 심호흡을 하면서 세 번을 생각한다."

"……."

"10. 하나부터 열까지 센다. 하나 둘 셋 넷 다섯……."

"퍽도 믿어진다. 그렇게 부모 생각을 하는 년들이 자라면서 그렇게 속을 썩여?"

"우리가 속을 썩였다고? 세상에 우리들만 같으면 누가 자식 키우기 힘들다고 하겠냐고들 했어. 동네 아줌마들이."

"동네 여편네들이 뭘 알아? 속이 문드러져도 내색을 안 하니까 저 집 자식들은 생전 가야 부모 속 한번 안 썩이나 보다 하는 거지. 세상에 부모 속 안 썩이고 크는 자식 있으면 데려와 보라고 해. 느덜이 속을 안 썩이고 컸다고? 하나씩 들춰내서 까발려 줘? 검도사범인지 심판인지 한다고 설친 얘기부터 말해 봐?"

"검도가 어때서?"

"검도는 죄가 없지. 검만 알고 도는 모르는 년들이 검만 들면 무당 칼 춤추듯 휘두르고 다니는 통에 문제가 심각했지. 너랑 너, 두 년들 때문에 영희이모랑 내가 식겁을 한 게 한두 번이었는지 알아? '즈이 아빠하고 맞짱을 뜨건 말건 부모 밑에서 크게 둘 걸 위한답시고 불러 올려서 진아까지 망가지는구나' 합의금 싸들고 병원비 물어주러 갈 때마다 내가 내 가슴을 치고 또 쳤어."

"엄마! 지금 자신의 딸보다 친구 딸을 더 걱정했다는 거 자랑하는 거야?"

"시샘은. 영희이모도 그랬어. 둘이 똑같이 안 들어와도 진아보다 네 걱정을 더했다고."

"그건 진아가 어려도 나보다 더 똑똑하다는 걸 이모가 알았기 때문이지."

"진아가 너보다 똑똑하다고 누가 그래. 난 한 번도 그렇게 생각한 적 없어. 진아가 아무리 똑똑해 봐야 내 딸 송이만 할까 생각해. 난, 지금도."

"그래서 내가 재채기를 하면 진아 감기약 먼저 챙기셨다? 나보고 지금 그 말을 믿으라고?"

"너, 이모부 얘기 못 들었어? 니가 그러면 상훈이랑 정재, 진아가 뭘 배우겠니? 그렇잖아. 니가 잘못되면 다 잘못될 거 같은데 어떻게 너한테 너그러울 수가 있니? 그리고 너희 두 년들이 좀 별나고 요란했니? 나나 영희나 상훈이랑 정재는 어떻게 키웠는지 생각도 안 난다. 그 애들은 그냥 저절로 큰 거 같아."

"저절로 큰 거 좋아하시네. 걔네들은 바쁜 엄마들 대신 누나인 우리들이 키웠어. 그것도 온실 속의 화초처럼 순하고 착하게."

"검도는 안 된다고 검도 그만두라니까 니가 뭐랬어? 검도사범이나 심판이 못될 바엔 깡패한 댔지? 기가 차서. 너, 그 좋은 짓 왜 그만뒀냐?"

"아빠가 아픈 다리를 끌어안고 태평양에 몸을 던져 버리고 싶다고 하더라고. 아빠 다리 때문에 귀한 딸년들 다 망가지는 것 같다고."

"아이고! 그 양반이 큰 실수하셨네. 1. 3. 10.으로 하루하루를 버티시는 효녀 딸 마음 아프시라고 왜 그렇게 조심성 없는 말씀을 다 하셨을까."

잠자코 두 사람 사이에 오가는 설전을 지켜보던 진아가 손가락으로 성자의 어깨를 톡톡 두드린 다음 머리를 기대고 손바닥을 펴 성자의 손을 감싸 쥐며 말했다.

"이모! 그냥 처음이라 잘 몰랐다 그래. 깡패 되겠다는 딸년을 처음 키워 보는 거라 좀 서툴렀다고."

"뭐? 이게 다 내 잘못이란 말이냐?"

"우리도 처음이잖아. 엄마랑 이모처럼 자식들한테 인색하고 야박한 엄마들 자식노릇이. ……우리가 태어났을 때 엄마랑 이모 너무 좋아서 울었다고 했지? 그렇게 좋은 우리들 키우면서 어떻게 언제나 항상 '아이구 이쁜 내 새끼! 눈에 넣어도 아프지 않을 내 새끼!' 이러기만 했겠어? '아이고 저 싸가지 없는 것들을 당장……' 모가지를 확 비틀어 버리고 싶은 적도 많았겠지. 이해해. 언니가 그러더라구요. 자식 낳아 키워 보니 애물단지라는 말의 뜻을 알겠다고. 이모가 그랬잖아. 고름 든 종기는 짜내야 치료가 된다고. 언니랑 내가 고분고분 살가운 대신 성난 황소처럼 들이대고 치받는 거 고름을 짜내는 거라 생각해. 저것들 속에 고름이 들었구나, 생각하시라구요. 이모! 언니랑 나, 맞아. 언제나 항상 엄마아빠가 자랑스럽기만 한 건 아냐. 창피하고 짜증스러울 때도 없지 않다구요."

"창피하고 짜증스러워? 우리가?"

"엄마랑 이모한테 우리가 백 점짜리 자식이 아니듯이 우리한테 엄마랑 이모도 백 점짜리 엄마들은 아니잖아. 솔직히 엄마랑 이모가 말하는 '나는 사람입니다!' 힘들고 짜증나. 나는 언니처럼 창업은 안 해 봐서 모르지만, 내 사법고시나 상훈이 정재 임용고시는 비교도 안 되게 힘들고 어려운 거 같아. 객관적인 기준도 애매하고 정확한 커트라인도 없고……. 헷갈리고 지쳐."

"사람이 사람이기가 쉬운 줄 알았냐."

"엄마랑 이모는 사람이기에 충분히 모범적이었다고 생각하세요?"

"뭐?"

"화내지 마세요. 비난을 하자는 게 아니고 노력하겠다는 뜻이에요. 노력할게요."

"빌기라도 하랴? 미안하구나. 널 사람으로 낳아 그 어려운 사람으로 살라 했으니 죽을죄를 졌구나. 그 좋아하는 쌈박질 접고 사람으로 살라고 해서 미안하다. 무릎 꿇고 빌기라도 해?"

"이모! 우리가 왜 힘들게 1, 3, 10을 주문처럼 외우겠어? 힘들어도 가족은 운명이니까. 사람은 사람이어야 하니까. ……이모! 큰엄마한테서 문자가 왔는데, 큰엄마들이랑 고모가 엄마 결혼식을 준비한대. 근사한 야외예식장도 예약하고 새 드레스도 준비하고 보석 세트도 마련한다네요."

"영희랑 철수 좋아하겠구나. ……사람입니다, 그거 별거 아냐. 송이 넌 실직자 안 생기고 고아 생기지 않게 회사랑 애 잘 키우고, 진아 넌 도둑놈들 도망 못 가게 잘 지키고 애인 간수 잘해. 생각들 해 가면서. 수업료를 일억씩이나 퍼들이고 모양 다 빠지고 나서 징징거리는 누구 닮지 말고."

"넵. 명심하겠습니다. 사람으로 태어났으니 사람이기 위해 노력하겠습니다."

"살아들 봐라. 이년들아. 살아내는 일이 생각처럼 만만하기만 한지. 옹이를 일궈 정원을 꾸미는 일이 그리 쉬운지."

"엄마 또, 또 그…… 노력하겠다는데……."

송이가 끼어들었고, 성자가 또 뭐? 하는 얼굴로 송이를 노려보았다. 백미러에 비친 성자 표정을 본 송이가 '아차'하며 황급히 말투와 태도를 바꾸며 말했다.

"아 아니, 명심한다고. 부모님들의 희생과 헌신…… 아! 몰라. 그냥 노력하는 걸로 합시다. 우리 모두 사는 일에, 그리고 가족을 헤아리는 일에, 사람이 사람이기에 그 어느 때보다 더 열심히 노력 중인 걸로. 노력하는 걸로."

"이모랑 언니는 왜 그렇게 서로 죽일 것처럼 싸워? 평생 싸워 봐야 무승부가 뻔한데."

진아가 두 사람을 향해 윙크를 한 다음 손바닥으로 문짝을 탕탕 치며 소리쳤다.

"기사 양반! 이 차 출발 안 해요? 안 갈 겁니까? 다른 차 알아볼까요?"

송이가 꾸뻑 목례를 한 후 서둘러 시동을 걸고 엑셀을 밟은 발에 힘을 주었다.

부아앙!

자동차가 속력을 높여 달리기 시작했다.

〈끝〉

작가의 말

예순 여덟.

구부정해진 어깨를 곧추세우고 늘어진 눈꺼풀을 치켜 올린 다음 창문 앞에 서 봅니다. 눈에 보이진 않지만 저만치 누릇누릇 들녘 익어가는 소리가 들리는 듯합니다. 참 무던히도 사나운 무더위였습니다. 어지간히도 거친 비바람이었습니다.

전후 세대.

온 나라와 거의 모든 부모들과 자식들의 화두가 끼니이던 시절이 있었습니다. '사람은 태어날 때 저 먹을 걸 타고 난다'는 속설이거나 낭설 외엔 그 어떤 대책도 마련되어 있지 않던 시절의 끼니는 절박하고 절대적이었습니다. 그리하여 끼니를 해결해낼 여러 가지 방법들이 동원되었습니다. 그중 가장 설득력 있고 선호도가 높은 게 아마도 가족 중 누군가의 희생이었지 않나 유추해 봅니다.

내가 꿈을 포기하고 정든 고향 땅을 등지고 부모형제와 헤어지는 것으로 내가 사랑하는 가족들의 끼니가 해결될 수만 있다면……. 끼니를 해결한 다음 혹 새로운 꿈을 꿀 수 있는 행운을 만날 기회가 있다면…….

중동건설현장에 건설노동자로,

남의 나라 전장의 용병으로,

고국의 산업현장으로,

술집으로,

폭력배의 소굴로…….

저마다 알음알음 길을 찾아서 몸 사릴 틈 없이, 심청이처럼 치마를 뒤집어써 좌우사방을 살필 시야를 가린 채 인당수 거친 풍랑 속에 몸을 던졌던 영희와 철수와 성자와 민석이와 용순이들을 소환해 안부를 묻고자 합니다. 안녕들 하십니까? 나의 전우들이여!

사납고 거칠고 치열했던 여름을 견뎌 저 들녘처럼 잘들 익어가고 있습니까?

한강의 기적을 이룬 조국의 주인들답게 당당하고 멋지고 향기롭게 익어가고 있습니까?

해감.

펄에서 사는 조개 속에는 펄이 고입니다. 이물질이 낍니다. 오랜 가뭄에 시달린 작물은 화상을 입습니다. 사나운 폭풍우에 맞선 나무는 가지가 부러지는 상처를 입습니다. 영희와 철수와 성자들이 암담한 시간 속 척박한 삶을 묵묵히 살아내는 동안 가슴에 억울함이 고이고 원통함이 쌓였습니다.

그렇게 힘들었어요? 누군가 물어주기를.

정말 그렇게 바보처럼 살았어요? 누군가 비난이라도 해주기를.

그리하여 조개가 펄이나 이물질을 뱉어내듯 고이고 쌓인 억울함과 원통함을 해감해낼 수 있기를.

송이와 진아들에게도 이해와 용서를 바랍니다. 모든 사람의 모든 시간에게 최고는 되지 못했지만, 그대들 앞에 놓인 초라하고 알량한 결산서가 우리에겐 최선이었음을 이해해 주기를 부탁합니다.

우리가 좀 더 노력했다면,

우리가 좀 더 지혜로웠다면,

우리가 좀 더 희생했더라면,

그랬더라면 그대들 앞에 조금 덜 부끄러웠을까요?

아!

들녘 익는 내음에 취해 뉘엿뉘엿 해가 지고 있는 걸 놓칠 뻔했습니
다. 이제 곧 빨갛게 달아오른 석양빛이 황금들녘의 일렁임을 찬란하
게 조명해낼 것입니다. 그리하여 우리 삶은 이미 아름다운 것임을 기
억하라 명령할 것입니다. 유리창에 비쳐 어룽대는 영희에게 손을 내
밀어 봅니다. 이제 곧 밤이 되고 달이 뜰 것입니다. 가을이 가고 겨
울이 올 것입니다. 겨울이 오면 나는 또 이 창가에 서서 멀리 흰 눈이
소복이 쌓인 들녘을 내다보며 몇 번이고 뇌까릴 것입니다. 기억하라.
우리 삶은 이미 아름다운 것임을.

조정희

기억하라
우리 삶은 이미 아름다운 것임을

초판 1쇄 인쇄 ㅣ 2024년 01월 12일
초판 1쇄 발행 ㅣ 2024년 01월 18일

지은이 ㅣ 조정희
펴낸이 ㅣ 최화숙
편집인 ㅣ 유창언
펴낸곳 ㅣ 아마존북스

등록번호 ㅣ 제1994-000059호
출판등록 ㅣ 1994. 06. 09

주소 ㅣ 서울시 마포구 성미산로2길 33(서교동), 202호
전화 ㅣ 02)335-7353~4
팩스 ㅣ 02)325-4305
이메일 ㅣ pub95@hanmail.net ㅣ pub95@naver.com

ⓒ 2024 조정희
ISBN 978-89-5775-312-5 03810
값 17, 000원

＊ 파본은 본사나 구입하신 서점에서 교환해 드립니다.
＊ 이 책의 판권은 지은이와 아마존북스에 있습니다. 내용의 전부 또는 일부를
  재사용하려면 반드시 양측의 서면 동의를 받아야 합니다.
＊ 아마존북스는 도서출판 집사재의 임프린트입니다.